料理対決のあと、自然なしぐさで
ボタンつけを始めた佐藤を
宇崎は呆然と見つめるしかなかった。
Illustration : Miku Sagawa

セシル文庫

シングルファーザーも恋をする

日向唯稀

イラストレーション／砂河深紅

シングルファーザーも恋をする◆目次

シングルファーザーも恋をする

1

窓の外では、どこからともなく風に運ばれてきた桜の花びらが舞っていた。

各部署がパーテーションで仕切られたワンフロアに百名ほどが働くオフィスは、今日もざわめき立っている。

「いつもお世話になっております。美澤建材《みさわけんざい》営業部の佐藤《さとう》ですが」

営業時間内は、終始電話対応と外回りに追われているのは営業部。品川《しながわ》の一角にあるオフィスビルに本社を構える美澤建材は、オリジナルの外壁・内壁部材を製造販売している会社だけに自然とオフィスの半分がこの部署で占《し》められている。

「――はい。先日の件ですが、本日のご都合はよろしいでしょうか。一応、確認をと思いまして」

両隣には総務や企画開発部もあるが、常に人の出入りと会話が多いのはやはりこの部署だ。出来上がったものを営業販売するだけでなく、顧客と製造工場を繋ぐ役割も担《にな》っているため、殺気立った声が聞こえてくるのも日常的だ。

「だから、納期は引っ張れないんだって言っただろう。前々から頼んでおいたのに、どうしてそういうことになるんだよ」

今日も聞こえているが、これはまだいいほうだ。

「資材の発注ミスだ⁉　勘弁してくれよ。んな、基本的なところでこけるのは。とにかくこっちも最善は尽《つ》くすから、そっちもよろしく。納品するまで寝られると思うなよ。他社に取って代わられるからな」

相手が社内の人間だけに、時には大喧嘩《げんか》にまで発展することもある。

よく言えば活気があるのだろうが、悪く言えば柄が悪い。お互いの仕事に対する理解の上に成り立っている会話とはいえ、うっかり社外の人間に聞かれた日には、二歩や三歩は引かれてしまうこともしばしばだ。

「はい。はい。ありがとうございます」

そんな中にあって、新人の佐藤柚希《ゆずき》だけは穏やかな口調と笑顔が絶《た》えることがなかった。

中途採用で入社してから半年程度ではあるが、その間に誰一人として怒鳴り声を聞いたこともなければ、不機嫌な顔さえ見たこともない。

「では、約束のお時間に窺《うかが》わせていただきますので、宇崎《うざき》室長によろしくお伝えください。それでは」

極《ご》たまに困ったような顔はするが、それ以外では常に口角が上がっている。

『ふうっ。今日は勝負だな』

何をするにも楽しそうで一生懸命で、当然普段の会話の語尾からも、〝性格の激しさ〟や〝きつさ〟はいっさい感じない。その上若手俳優さながらの甘いマスクにスリムな肢体《したい》とくれば、若干二十二才の薄給《はっきゅう》青年とはいえ引く手数多《あまた》だ。

「佐藤くん。今夜みんなで飲みに行くんだけど、たまにはどう？」

逆にまだまだ薄給なのがわかるからこそ、「面倒見ちゃうわよ」という意気込みの女性社員があとを絶たない。

「接待《せったい》で引っ張り凧《だこ》なのはわかるけど、たまには俺たちとも付き合えよ。お前の分ぐらい、俺が出してやるからさ」

年上の男性社員からもなかなかの人気だ。たとえ合コンには欠かせない〝餌《えさ》的存在〟という邪《よこしま》な要素が含まれているにしても、それ以前に何かと構いたくなるのは佐藤の人柄だ。どこか放っておけない、手助けしてやりたくなるような未熟さが、逆に魅力になっているからだ。

「いつもありがとうございます。本当にすみません、お気遣いいただいて。けど、今はお客様とのお付き合いさえ難しいぐらいなので…。もう少し生活が落ちついてからにさせていただけますか」

そして、佐藤が極たまに困ったような顔をするのは仕事そのものではなく、じつはこうした誘いに対してだった。

「え？　ここに来てそろそろ半年だぞ。最初の歓迎会以来全く付き合いなしって、冷たいんじゃねぇの？」

「それともやっぱり平成っ子はそうな訳？　昭和の人間とは付き合えないってことか？」

「いえ、そういうことではなくて…」

容赦《ようしゃ》のない男性陣《じん》に追及されて、ますます顔がこわばっていく。

近年では家飲みが定着し、夜の帳《とばり》が下りた街は閑散《かんさん》たるところも多いだろうに、それでもこうした習慣がなくなることはない。

特に美澤建材の場合は自社でも職人たちを抱《かか》え、また外部にも付き合いも多いことから、やはり飲み会はコミュニケーションツールの筆頭《ひっとう》だ。

営業部内に置いても気軽な情報交換の場にもなっているので、夕飯を誘い合って軽く一杯は習慣的で、八割が独身者というのも頻度《ひんど》の割合を増やす理由の一つだろう。

「よしなさいよ、そんな言い方。佐藤くんは前の会社が突然倒れて、ここに再就職するまでに、きっといろいろ大変だったのよ。生活だって狂っただろうし…」

「そうそう。まだ気持ちに余裕が持てないっていうなら、余裕のある私たちが気長に待たなきゃね。仕事に生活環境に金銭的な問題。全部が一度におかしくなったらしんどいはずだし。こんなにけなげに頑張ってるんだから、見守ってあげないと。ね、佐藤くん」

佐藤から笑顔が消えのに気付き、女性陣がフォローに回った。

「すみません。本当に」

「そんなに、謝らないの。あ、でも…。相談できることがあったら、いつでも言ってよ。変な遠慮はなしだからね」

付き合いが悪いと一刀両断されないのは、日ごろの笑顔と真面目さのたまものだろうが、逆を言えばこれだから一部の男性陣には嫌味なことも言われてしまうのだ。

「じつは恋人が三人も四人もいて、全部と付き合うのが大変なんです――なんていうのでなければ、いくらでも聞くもんな。お姉さま方は」

会話に聞き耳を立てていた他部署の男性が、通りすがりに舌を出した。悪気はない。どちらかと言えば茶化したかっただけだろうが、いかんせん内容が悪い。

「いい加減にしなさいって」

「佐藤くんに限って、そんなことあるはずないでしょう」

女性陣の、それもどちらかと言えば社内でも美人と言われる者たちが本気で庇《かば》うものだから、その場の空気が一転した。

「わからないぜ〜。俺が佐藤なら、間違いなく片っ端から食《く》って行くと思うもん。だって、歩いてるだけで女のほうからナンパしてくるんだぞ。一人で天国だぞ、こいつ」

「あんたみたいに、がっついてないのがわかるから、女も声をかけるのよ。何が一人で天国よ。馬鹿みたい」

こうなると、引くに引けない。なんの気なしに言ったつもりが、売り言葉に買い言葉となって、ますます佐藤から笑顔を奪っていく。

「…っ」

「佐藤、ちょっといいか」

そんなところへ助け船を出してきたのは、開発部に所属している仙道悠一《せんどうゆういち》だった。

佐藤より一つ年上の仙道は、どちらかといえばブランドものの眼鏡が嫌味もなく似合う、インテリでクールな青年だ。

大卒で入っているのでまだ入社二年目だが、もともと大学に在籍していたころから良質なサイディング（建物の外壁に張る仕上げ板材。大概《たいがい》はセメント製や金属製のものをさす）の研究をしてきた彼は、入社一年目にしてすでに大きな成果を出していた。

独自に研究し続けてきたであろう新板材の商品化に成功、特許を取得、美澤建材の今後に明るい未来をもたらすであろう主力の外壁板〝和彩《わさい》〟シリーズを打ち出し、今もっとも注目を集めている社員になっていた。手には山ほど研究資料を抱えており、声をかけた者にも決して「あとで」とは言わせない迫力さえ持っている。

「はい」

佐藤も二つ返事で席から立つと、周りを囲んでいた先輩たちに礼をしてから、仙道のあとをついて行った。

「開発部期待の星、仙道くんか。他部署の割に、よく佐藤くんに声かけるわよね」

見目のいい二人の後ろ姿を眺めて、ぼやいた女性から溜息が洩れる。

「佐藤も嬉しそうに行くよな。じつはデキてたりして」

「いい加減にしなさいって」

懲《こ》りずにまだ言う他部署の男に、女性陣の眼光が飛ぶ。

「だってよぉ。付き合い悪すぎなのは確かだろう」

「そういうあんたが、本当は佐藤くんとお付き合いしたいんじゃないの？」

「あ、バレた？」

「は!?」

嫌味が嫌味にならず、その場にいた全員が絶句した。

「冗談だよ、冗談」

想定外の反応だったせいか、他部署の男はすぐに否定したが、その後営業部の者たちから何かと目を付けられたことは言うまでもない。

口は災《わざわ》いのもととは、まさにこのことだった。


仙道のあとをついて行くと、佐藤はいったんオフィスから出て、非常階段の踊り場へ出た。周囲には誰もいない。春の暖かな日差しが降り注ぐ中、完全に二人きりだ。

「あのさ、佐藤」

仙道は、スーツのポケットの中からすでに買い求めていた缶珈琲《コーヒー》を取り出し、それを佐藤に手渡した。

「なんでしょうか」

「いい加減に、ばらしてもいいんじゃないのか。じつはお前が甥《おい》っ子抱えて生活してるってこと。付き合いが悪いわけじゃなくて、たんに子供のために少しでも早く帰ってやりたいって。できるだけ夜は一緒にいてやりたいだけなんだってこと。そのほうが、変に勘ぐられなくていいぞ」

ざっくばらんな仙道の口調からは、「いい加減に見ていられないぞ」と含まれていた。

「そうですね。でも、まだ入社して半年ですし。それで変に気を遣われるほうが辛《つら》いので。せめて仕事に慣れて、会社も生活もスムーズになってからのほうがと思って」

周囲の目がなくなり安堵《あんど》したのか、佐藤にもようやく笑顔が戻る。

手渡された缶珈琲にも「いただきます」と言って手を付け、仙道に対しては警戒や遠慮がないことを示して見せている。

「でも、社長や専務は知ってるんだろう？　お前が子供を扶養《ふよう》してること。二人は人事と経理兼任だし、ここは隠せないよな？」

「それは、はい。でも、面接の時に一人暮らしだと思ってくださいって言っちゃったんです。同居している甥にもその覚悟があるし、二人きりで今の世の中を生き残っていくためには、甘えたことは言ってられないので、仕事は普通にしますって」

誰に対しても笑顔で接する割に、どこか頑《かたく》なな佐藤。入社半年の彼がこうして肩から力を抜いて話すことができるのは、ここに来て偶然再会した高校時代の先輩である仙道だけだった。

と当時に、仙道は仙道で入社早々から成果を上げたことで一目置かれる存在になってはいたが、それゆえに社内で完全に一人浮きしていたことから佐藤だけが気の許せる相手になっている。

「逆に雇ってもらえるなら、このことは内密にしてほしい。どこの部署に行っても、思い切り新人として使い回してほしいので、子供のことは言わないでほしいって」

「そっか。それで二人とも黙ってたのか。意外に口が堅かったんだな、普段は陽気なおっさんたちにしか見えないのに」

「あ、でも…。結局は社長たちが気を遣ってくれちゃって。よく、子供に持っていきなさいって、お菓子とかケーキとかをこっそり…」

特に仙道は、幼いころに両親の離婚によって社長である美澤とは名字こそ違えているが、実の親子。それを周囲には隠して入社しただけに、佐藤との再会に感謝したのは仙道のほうだったのだ。

「なるほど、それが黙っている本当の目的か。あのバツ一独身貴族たちが」

「え？」

「いや、なんでもない。知ってるのが社長だけとか専務だけってことじゃないなら、その親切には甘えておけ。ただし、バランス良くどちらにも遠慮なくな。間違っても片方だけに甘えたり、遠慮はするなよ。そのほうが、もめないから」

「――――はい」

佐藤は二人ならではの会話の合間に安心しきって珈琲を飲み終えると、「ご馳走様《ちそうさま》でした」と会釈《えしゃく》した。仙道からの気遣いを感謝しているのか、空き缶になっても両手で大切そうに握りしめている。

「それにしても、お前が突然学校を辞めて、もう五年か…。早いよな。知ったからって、何をしてやれたわけでもなく…。無力なもんだったよな、俺」

仙道から見れば、佐藤のこんな仕草は五年前と変わらないものだった。

今では慣れたように着こなしているスーツ姿さえ、学生時代の制服と大差ないように思える。それぐらい、佐藤は外見的にも変わったように感じない。

「先輩…」

「それに比べてお前はすごいよ。んと、尊敬する」

しかし、月日は確かに佐藤を変えていた。

もともと早くに両親を失くしていたという不幸から培《つちか》われた芯の強さはあったにしても、再会したときは別人かと思うほど強人になっていた。

「そんな…。凄いのは、俺じゃなくてうちの匠哉《たくや》ですよ。チビのくせして頑張ってくれてるんで」

たった十七才の少年が三才の子供を引き取って育てる。それも一人で――――。

「人間、守るものを得ると強いな。俺からしたら、合コンで騒いでる先輩たちよりお前のがよっぽど大人だよ。理由はあれど、家庭を守りきれなかった社長や専務より、お前のが全然大人に見える」

親は離婚しているが、当たり前のように大学まで出してもらった仙道には、それがどれほど過酷なものか想像がつかない。

これに関しては、結婚しようが離婚しようが、そもそも育児などしたことがない社長や専務にもわからないことだろうと、仙道は思っていた。当然、週三の割合で飲み会をしているような独身者にも、想像のしようがないだろうと。

「やっぱり、人一人育ててるって大きいんだろうな。いろんな意味で」

「それを言うなら所帯《しょたい》くさいんだと思いますよ」

佐藤は手にした空《あ》き缶をいったんポケットに入れようとして、ハンカチを取り出した。

缶を包んだハンカチが子供用、それも日曜日の朝にやっているような特撮ものの柄だったことから、パッと顔を赤らめた。

「あ、またやっちゃった」

「そういうところとかな」

子供を学校に出しつつ、自分も支度して会社へ。

天気が良ければ朝一で洗濯機を回して干《ほ》してから、なんてことまでしている佐藤だけに、こういった取り違いは多々発生する。

だが、それが仙道から見ると微笑ましくもあり、素直に尊敬の念を抱かせるところでもある。

「と、そろそろ時間なので」

家事だけだって本来なら大変だろうに――――。佐藤は誰もが独身で親元にでもいるのだろうと疑っていないぐらい、仕事熱心で結果も出していた。

「おう。今日はどこに行くんだ？」

「宇崎建設です。来季予定のデベロッパー計画に採用してもらえるか否《いな》か、今が正念場《しょうねんば》なんです。ただ、採用されるに当たっては、けっこう商品の規格から厳しい注文を受けると思うので、そのときは相談に乗っていただけますか？　商品内容に関しては、俺じゃわからないことがまだまだたくさんあるので」

入社半年とはいえ、社会に出て五年はやはり伊達《だて》ではない。

それも、高校退学後は甥を見ながらアルバイトで自活をし、通信教育で高校課程を終了させたという努力と根性が認められて正社員に抜擢《ばってき》されていたほどだ。不景気のおり、連鎖倒産で一度は前職を失いはしたが、それでも身に着けてきた社会人としての責任と姿勢、営業経験者としてのノウハウはここに来ても十分生かされている。

　製菓会社の製造販売会社から建材製造販売会社という、まるで違う業種に来たわりには器用にこなして、仙道の同期営業など三カ月目には売上成績を越されて驚愕《きょうがく》の声を上げていたほどだ。下手《へた》をすれば嫉妬《しっと》され、同僚からやっかまれるのではと心配したが、本人はあっけらかんとしたもので——。

〝俺、以前はお菓子やパンを売っていたんです。それが外壁材に変わっただけですから、皆さんが思うほど場違いなところに来たわけでもないんですよ。何せほら、窯《かま》出しのパンがサイディングに変わっただけで、売りものが人に優しくて健康に気を配《くば》った品であることは変わりませんから〟

　パンを売り込むのも、外壁材を売り込むのも大差ないと笑顔で言い切ったものだから、周りは逆に唖然《あぜん》とさせられ、妬《ねた》む気にもならなかったようだ。

　むしろ、営業は自社製品への愛情と信頼、そして誇りがあれば品物のなんたるかはさして関係ないと諭《さと》されたようで、それを同僚どころか部長クラスまで納得してしまったものだから、佐藤は周囲からのひっきりない誘いに困ることはあっても、嫌悪を向けられて傷つくことはなかった。

　極たまに、今日のように他部署の者から横やりは入るが、それは営業部ばかりが佐藤を中心に楽しそうにしているからで、興味はあっても接点が見つけられないので、とりあえず絡むことで仲間入りしている程度だ。

「ああ、任《まか》せとけ。宇崎の宅地造成は今や業界トップ。市場での人気もうなぎ昇りだ。ここを抑《おさ》えてもらえば、美澤の建材もメジャーになれる。生産数さえ増やせれば、安全で質のいい建材をもっと安く提供できる。社長一同、大喜び間違いなしだからな」

「はい。頑張ります。良くしていただいているご恩返しができるように。じゃ、行ってきますね」

佐藤は頼りがいのある仙道の了解に背を押されて気を良くしたのか、いっそう笑顔を輝かせて、一足先に踊り場をあとにした。

「――――ご恩返しね。すでに十分な仕事はしてると思うんだが、あの謙虚さがいいんだろうな。んと、苦労しただろうに。五年経っても変わらないんだな。お前は…」

普段はニコリともしない仙道の顔にも、このときばかりは春らしい笑みが浮かぶ。

非常階段の踊り場にも桜の花びらがチラチラと舞い込んで、

「そろそろ花見の準備だな。親父に言って、予算奮発させないとな」

そんなことまで自然と思わせた。

＊
＊
＊

一度デスクに戻り準備を整えて、佐藤が颯爽《さっそう》と向かったのは東京新副都心に自社ビルを構える業界屈指の大手・宇崎建設株式会社だった。

宇崎建設は、これまで公共事業を主に請け負うことで拡大してきた、建設部門と土木部門の双方を持つゼネコンだが、何かと経費削減《さくげん》が叫ばれるようになってからは、自《みずか》らが町づくりの一環を担うデベロッパー(宅地造成)のほうに力を入れていた。

そうすることで、現在も規模を縮小することなく「大手」と呼ばれ続けている、東証でも一部上場の建設会社だ。

『よし。今日こそ決めてもらえるように頑張ろう。宇崎室長が相手なだけに、そうとう構えていかないと、あの笑顔でどんな難題をふっかけてくるかわからないけど――――。でも、俺は宇崎室長の町づくりに美澤の建材を使ってほしい。役立ててほしい。だから、その気持ちをまずはきちんと伝えなきゃ』

正直言って、佐藤が初めて「宇崎建設の本社を訪《たずね》ようと思う」と口にした時、同僚たちは騒然となった。

誰かが開口一番「無謀《むぼう》だ」と言った。実際その後もみんなが口を揃えて、「そうとしか言いようがない」と口を合わせたほど、美澤建材は宇崎建設から見れば下請けどころか孫請けぐらいかけ離れた距離感を持っている会社だった。

しかし、それを聞いた佐藤はなぜか満面の笑みでこう言った。

では、まだ誰も行ってないということで、俺が行っても大丈夫ですね――と。

それを聞いた同僚たちは、さすがにそのあとは笑った。

入ったばかりでわからない、知らないというのはこんなにも大胆なのかと。思いつきも行動も、知識のある自分たちではありえないことだっただけに、万が一にも担当者が会うことはないだろうと決めつけて、佐藤を笑顔で送り出した。

これも仕事を知る上でいい機会だ。当たって砕けて玉砕《ぎょくさい》して来い。そして自社の規模や立ち位置を自身で実感して来いと、同僚たちは皆揃って笑顔の下で同じことを考えていたのだ。

だが、玉砕するどころか、佐藤は一度や二度の門前払いではめげなかった。

実際のところ、何度足を運んだのかは本人にしかわからないことだが、通いつめて二カ月後にはデベロッパー開発部門の責任者と会う約束を取り付けた。

その後、更に通い続けたのは相手に様子を窺われたのだろうが、なんにしても世間話から仕事の話を聞いてもらえるまでになって、再度同僚たちを騒然とさせたのだ。

そして今度は開口一番、「どうしたらあんな大手が、うちみたいな中小企業を⁉」という疑問の声が上がった。

佐藤はやはり笑って答えた。

それは美澤建材の商品は、美澤建材からしか買えないからですよ――――と。

周りは至極《しごく》当たり前のことを言われて、感心しつつも納得した。

営業にとっては、パンも外壁材も大差がないと言い切った佐藤からの言葉は、それだけで説得力があったのだ。

ようは、昔からある建築・土木業界が持つ硬質な縦社会に染まっていた彼らにとって、このことは〝目から鱗《うろこ》が落ちる〟だった。たとえどんなにいいものが生産されても、美澤クラスの商売相手は大手の孫請け会社、良くて下請け程度だろうという刷り込みがなされており、宇崎建設のような大手に一括買い入れの交渉をしに行くという発想そのものが妨《さまた》げられていたのだ。

それだけに、その後佐藤の行動には、誰もが目を見張るようになった。

アポは取れても会うだけ、結局は上手く躱《かわ》されて終わるかもしれないが、今度は〝万が一にも契約に結び付くかもしれない〟という期待がある。それで取ってきた場合、どんな規模のものなのか想像するだけで楽しくて、周囲はケタ違いな仕事内容に嫉妬をするのも忘れて傍観《ぼうかん》に徹していた。

本気でこの契約を取ってくることを念頭に置いているのは佐藤本人と仙道ぐらいなもので、これに関しては社長や専務たちでさえ、大手からはさんざん虐《しいた》げられてきたという過去が邪魔をして期待という期待が持てないでいた。

佐藤が駄目だったときの慰めばかりを用意しているというのが現状だったのだ。

『狭い日本の住宅は、大国からみたらウサギ小屋。けど、そんな皮肉を逆手にとって、ウサギ小屋の何が悪いと笑って作られたのが、湿度が高くて地震大国という日本で生まれた〝世界一の耐久性〟に〝アットホームなデザインを兼ね備えたラビットハウス〟シリーズだ。これこそ住む人を労《いたわ》り、そして地球環境にも配慮した美澤の建材を使ってほしい住宅だ』

佐藤は、自社が入ったオフィスビルの十倍はありそうな三十五階建ての本社ビルの前に立つと、いったん深呼吸をしてから、エントランスフロアに足を踏み入れた。

『よし。行くぞ』

エントランスフロアだけでも、自社のオフィスがすっぽりと入りそうな空間を突っ切って、奥にあるエレベーターフロアへまっすぐに向かう。

「聞いた？　宇崎室長の話」

「聞いたわよ。結婚の話でしょう。もう、ショックで」

だが、そんな佐藤の足をふいに止めたのが、エレベーターフロアで立ち話をしていたOLたちだった。

「相手は九条《くじょう》財閥のお嬢様。まあ、お嬢様って言うよりは、ちょっと行き遅れた敏腕《びんわん》女社長？　でも、すごいセクシーな美女でバイリンガルだって言うじゃない。こんなにいい相手はいないって、社長から専務、常務までウハウハなんですって」

「まぁ、相手は一人娘だから養子に行くことになるだろうけど。それでも、いずれは財閥当主ですものね～。そりゃ、誰もが乗り気にもなるわよね～」

盗み聞きをするつもりはないが、耳に入ってきてしまったものは仕方がない。

『宇崎室長が結婚。九条財閥の令嬢と結婚して、婿養子…？』

佐藤は立ちつくしたまま考えた。

『手ぶらじゃないほうがいいのかな？　何かお祝いとか、用意していったほうが…？』

このまま会いに行っていいものだろうか？

手ぶらで失礼にあたらないだろうか？

『でも、だとして…。本人から聞いたわけでもないのに、かえって変に思われるかな？』

ことがことだけに、悩みどころだ。それこそ前職の製菓メーカーであれば、結婚式の引き出物に我が社の特選折詰《おりづめ》はいかがでしょうかと斬り込んでいくところだが、今となっては別物だ。せいぜい新居をお建てになるときは、我が社にも協力させてください。お祝いにここぞとばかりにドンと破格値で――ぐらいなものだ。

『それにしても、宇崎室長。ここから、本社からいなくなっちゃうんだろうか？』

とはいえ、仕事に関わることより佐藤の頭を占めたのは婿養子へ行く、いずれは財閥家系の当主になると聞いた宇崎嘉寿《よしひさ》のことだった。

宇崎はこの宇崎建設社長の三男であり、デベロッパー部門を担う企画室長であり、さらには佐藤が「ここへ売り込みに行こう」と思い立った人気の一般住宅、〝ラビットハウス〟シリーズの企画設計デザイナーでもある、なんとも肩書きの多い男だ。

それでいて、建築に対してはずぶの素人だった佐藤が、この先「もっとこの職種が知りたい。できることなら、きちんとした資格もほしい」と願うようになったきっかけを作った男でもある。

『結婚したら、どこに行っちゃうんだろうか。もう、会えなくなるのかな』

この喪失感や不安は、どこから来るのだろう。

佐藤は資料がぎっちりと詰まったビジネスバッグを抱えると、しばらくその場に立ちつくしてしまった。

あと二メートルも歩けばエレベーターフロアだ。早くボタンを押して、彼がいる十七階まで行かなければ、すぐに約束の時間になってしまう。

「よう。早いな」

「っ⁉」

と、そんなときに突然肩を叩かれて、佐藤は全身を震わせた。

「適当にランチを切り上げてきて良かったな。お前のことだから、早めに着いても遅れることはないからって、こいつがせっつくもんだからさ」

気さくに声をかけてきたのは宇崎だった。

中肉長身に栄《は》える仕立ての良いブランドスーツが良く似合う。

一見強面《こわもて》なハンサムで、どちらかと言えば気性も荒いほうだが、そうかと言ってむやみに怒るタイプではない。

常に仕事には真摯《しんし》で、他人にも優しい。が、だからこそ商売が絡むと曲者《くせもの》ぶりを発揮する。その人柄や大らかさに触れて油断するつもりはないが、中にはまんまと油断し墓穴《ぼけつ》を掘り、笑顔で「二度と来なくていいから」と言われた業者がどれほどあるかわからない。

佐藤も彼と対面してから三カ月になるが、何度かそう言われて立ち直りの利《き》かなくなった営業マンを見かけたことがある。たとえ相手が、建材会社としては大手と呼ばれる会社であっても関係ない。彼はとにかく手ごわいのだ。

「道場《みちば》さんが？」

声をかけられ、佐藤はいつになく動揺していた。

一歩下がって軽く会釈してきたのは、長年秘書を務めている道場剣一《けんいち》。穏やかさがにじみ出ている容姿を裏切ることのない彼は、佐藤より十歳年上の宇崎より、さらに十歳上の男性だ。

が、そうは言っても今時の四十代は若い。もはや初老とも呼べないだろう。それこそ道場も今が働き盛りと言わんばかりの存在感だ。宇崎とともに並んで歩いているだけで、そうでなくとも華やかなエントランスからエレベーターフロアまでがいっそう明るく見える。佐藤からすると眩《まばゆ》いばかりで直視できなくなりそうなのが、この宇崎と道場だ。

「ああ。まあいい。せっかくだ。少し早いが、このまま話を聞こうか」

佐藤に何か普段とは違う様子を感じたのか、宇崎は話を打ち切り、上へと誘ってきた。

「はい。ありがとうございます」

佐藤は持った資料をいっそう強く抱きながら、気持ちの切り替えを自身にいい聞かせた。

「どうぞ」

道場によって呼ばれたエレベーターに、彼らと一緒に乗り込む者はいない。

先ほど噂話をしていたOLたちも遠慮しているのか、見送るのが精一杯のようだ。

「それより、今日はどうして一時間早く来れなかったんだ？　そしたらいつもみたいにランチぐらい一緒に行けたのに。お前は完全にアフターはお断りって奴だからな、接待を理由に美味《うま》いものでも食いに行こうと思っても、ランチが限界なんだぞ」

宇崎は他に同乗者がいないのをいいことに、ぼやき始めた。

「それはっ…」

「他社への営業で忙しくて、か」

他の者が見たらパワハラとも捕えかねない状況だが、道場は不貞腐《ふてくさ》れているようにしか見えない宇崎が可笑《おか》しかったのか、今にも噴き出しそうになっている。

「いえ。とんでもない。今日は宇崎室長に見ていただく資料をまとめているうちに、絶対に時間が足りなくなると思ったので…。それで、少しでも余裕をと…」

それに、これが他の営業マンならわからないが、宇崎独特の絡みをパワハラに見せないのは、仕事に入ったときに見せる佐藤の堂々たる態度のためだった。

どんなに入口で恐縮して見せても、佐藤は一瞬で切り替わる。

まるでスイッチが入ったように、宇崎相手に真っ向から営業を仕掛けて来て、このときばかりは対等なのだ。

「ほう。勝負かけてきたってことか？」

「はい」

今も佐藤は視線を反《そ》らすことなくきっぱりと返事をした。

宇崎はそれが心地よい、ワクワクするとばかりに機嫌を良くすると、エレベーターが到着した十七階のフロアへ佐藤をエスコートした。

経営者一族としてではなく、あくまでも現場に身を置く宇崎のデスクは、デベロッパー企画室が設けられた部屋に隣接して作られていた。

宇崎に与えられているのは、ふたつの小部屋が続きになった一角。

一つは来客用の応接スペースで、ここには秘書専用の小スペースも作られている。

そしてもう一つは、設計図を書くために用意された機材と、泊まり込みになった時にも使われるソファベッドが置かれた仕事部屋だ。

「お前は、佐藤は面白いよな。下請けの営業は我先にって俺を接待したがるし、俺が声をかけた日には、何をしてでも飛んでくる。それこそ身内の葬儀《そうぎ》でも蹴って、笑って〝仕事くれ〟って言いに来るのに。そういうことをまずしない」

宇崎は佐藤を応接間に案内した。

テーブルを挟み、三人掛けのソファが二つ、対面で置かれた一方に佐藤を座らせ、自身は反対側に腰をかける。

「アフターにどうだと誘っても、まだ仕事に慣れていないものでと断ってくる。なら、ランチでもと言えば、今日のように時間がないのでと堂々と言ってくる。はなから俺の機嫌をよくして、仕事に結び付けようって思ったことはないのか？　まずは先方のご機嫌取りから入るのが、営業の仕事なんじゃないのかよ」

すぐに本題へは入らなかった。

宇崎は、どうしても佐藤の付き合いの悪さを理由に絡みたいらしい。

道場が佐藤に珈琲を出しながら、その目線で「すみません」と合図した。

こうしてみると、最年長者の彼が一番腰が低く、また気を遣うタイプだ。

「宇崎室長は機嫌で話はしてくださいますが、実際仕事はくださらない方ですから」

佐藤は始め、どう答えようか迷った。

ここで嘘や変な言い訳をしたところで、宇崎は納得しないだろう。だが、それより何より宇崎が自分の仕事を何か誤解しているような気がして、佐藤は思わず本音を漏らした。

営業の仕事は、ご機嫌取りじゃない。

下手《したて》に出ること、相手の言いなりになることが仕事じゃない――と。

「は？」

さすがにこれは正直に言いすぎたかと、すぐに言い直す。

「いえ、うちの建材はどんなに俺が頑張って接待するよりも、宇崎室長の機嫌を良く、また仕事意欲を湧《わ》かせる商品です。なので、それをストレートにお伝《つた》えすることこそが俺の仕事だと思いました」

もしかしたら気を悪くするかもしれない。

だが、今の佐藤にはこれしか言いようがなかった。

前職で教わったのは、商品に自信があるなら、堂々と行けということだった。

うちは媚《こび》を造り、売っているわけじゃない。営業は一度下手に出たら、とことん足元を見られる。多少のご機嫌取りは必要だろうが、それでも常識の範囲内で構わない。どんな時代でも、いいものは売れる。これは確かなんだから、決してプライドと一緒に商品価値を下げるようなことだけは絶対にするな――と。

「生意気言うようですみません。でも、まだまだひよっこの俺には、我が社の商品以上に魅力的な何かを表現することができませんので。自分が足を引っ張る可能性があることは、怖くて…できなかったのも確かです」

佐藤は、その教えを根底で守りながら、美澤に入ってからも仕事をしてきた。

実際前職の会社は、不幸な事態に巻き込まれて倒産してしまったが、その商品は別の会社の目玉となってまだ生きていた。

ようは、これこそが〝品物そのものに落ち度があったわけではない〟という確かな証《あかし》だ。

だからこそ、佐藤は自社の製品に胸を張り続けた。ここでくじけるようでは、宇崎と仕事はできない。こんなことを言っても、宇崎だって自分に上《うわ》っ面《つら》の営業トークを望んでいるとは思えないし、思いたくもなくて――――。

「なるほどね。お前の接待より、美澤の商品のほうが魅力的なのか。なら、お前にとっては俺との接待と仕事、どっちが魅力的なんだ？」

「え？」

しかし、今日の宇崎はどうしても佐藤に絡みたいらしい。本当に機嫌が悪いのだろうかと勘繰《かんぐ》らせるほど、これまでにはない絡み方だ。

「だから、佐藤にとっては俺と飯食う時間と仕事依頼、どっちが魅力的なことなんだって聞いてるんだよ」

宇崎の背後に立ったまま、道場が何度も頭を下げている。

やはり、機嫌がもともと悪かったようだ。

「仕事です」

佐藤がはっきり答えると、あからさまに不機嫌な顔をした。

道場は「まさかここで、それを言うか⁉」と、おろおろし始める。

「なぜなら、食事はいっときですけど、仕事になったらもっとたくさんの時間をご一緒できます。それに、宇崎室長が作る町づくりにも参加できて、俺には魅力的なことだらけですから、食事のひとときには代えられません。俺は、宇崎室長が思っているよりも、どん欲で大食らいです。こう見えても、ラビットハウスが大好きです」

しかし、その後の答えを聞くに連れ、宇崎の仏頂面《ぶっちょうづら》にも笑みが浮かんだ。

「くくっ。そういう返答でくるのかよ。本当に、変わった奴だよな、お前は」

最後は声を漏らして、わざとらしく額《ひたい》も押さえた。

「でもま、悪くない言われ方だな」

いつもの笑顔。いつもの宇崎に、佐藤もようやくホッとした。

『あ、そっか。もしかしてこれって、女性でいうところのウエディングブルー⁉　さすがに婿養子に出されるってことで、心理は花嫁さんに近いのかも？』

少しだけ肩から力が抜けてか、不機嫌に見えた宇崎の言動が、じつは不安の表れだったのかもしれないと佐藤は思った。

「じゃ、そのお前自身より魅力的らしい建材の資料でも見せてもらおうか。ただし、俺はどんなに完成されたものを見せられても、自分が物足《た》りないと思えば、わがまま言うぞ。それに応えられない業者に用はない。覚悟して見せろよ」

「はい」

　そこからしばらくは、仕事のこと以外は考えられなくなった。

　佐藤は用意してきた資料をテーブルの上に並べていくと、仙道が開発した一押し商品の外壁板〝和彩〟シリーズの説明に没頭した。

「確かに質がいいな。地球環境だのエコだの大げさに訴えてくる業者ほど、中身が外《はず》れってことも多いんだが…。廃棄時のＣＯ2《シーオーツー》の排出量がここまで押さえられているのは、はじめて見た。それに柔軟性があって、通気性《つうきせい》もいい。他はどうだかしらないが、木造住宅の〝ラビットハウス〟の骨組には、宮大工の技法が多く組み込まれている。だから地震の際に、変に踏ん張りの強い外壁板は逆に困るんだ。そういう意味でも、これはけっこう驚きだ。道場、お前も見てみろよ」

　宇崎の食いつきは良かった。

「――――確かに。改めて見ると、ここまで〝ラビットハウス〟に向いた機能を備えた外壁板は初めてですね。耐火性《たいかせい》や施工性《せこうせい》に優れているのは当然としても…。開発者の意図《いと》や意向が明確に出ていて、とても好感が持てます」

「だな」

やはり、佐藤が最初に「うちの商品はここで使ってほしい」と感じた閃《ひら》めきは、間違っていなかった。宇崎が作る日本という土壌《どじょう》や風土《ふうど》ならではの町と家づくりは、美澤や仙道が目指したサイディング作りと根本が合致《がっち》していた。

だから、佐藤は思ったのだ。

目指すテーマやコンセプトが同じなのだから、それが認められれば、納品できる可能性はある。たとえ美澤のような中小企業であっても、商品価値さえ認められれば、対等に商売はできるはずだと。

「ところでこれは、規格サイズやデザインからフルオーダーできるのか？　オプションに書いてあるが、外壁板の柄までデザインオーダーして採算は合うのか？」

「それは、このたびの宇崎建設のデベロッパー専用に付けさせていただいたオプションです。少なくとも千棟程度の納品が見込めないとできません。正直申しあげて、他社さま相手ではできないオプション設定です」

そう、佐藤が目指したものは対等な商売であり、互いが相乗効果を発揮できるための取引だ。

そうでなければ、孫請け会社、ひ孫請け会社などが存在する建設業界では、何年経っても飛躍《ひやく》できない。美澤のような中小企業にこそ、宇崎という大手からの信頼と、対等である証《あかし》が必要で――――。

「うち専用か。思い切ったオプションを付けてくるな」

「はい。私は宇崎室長が建築家であると同時にデザイナーであることを踏まえて、このお話をしたい思ってきました。なので、既存《きぞん》の外壁板のデザインは豊富《ほうふ》ですし、専門の方にデザインしてもらったものですが…。完全オリジナルを希望される場合でも、そこは対応いたします」

佐藤は、ここが正念場だと思い、力強く言い放った。

「完全オリジナルか…」

宇崎の心が揺らいだのは、目に見えてわかった。

大手の中には自社や子会社を設けて、建材製造まで行うところもあるが、宇崎建設にその部門はない。むしろ加工された建材そのものに関しては、専門業者からの買い叩きで低コストを実現している。

だが、それゆえに既存品の使用が当たり前になっていた。佐藤の勝負は、同じ料金範囲で宇崎が希望するオリジナルを製造提供する。ここにかかっていたと言っても過言《かごん》ではない。

「なら、まずは既存のものから使ってみるか。デベロッパーの前に、二十棟ほどまとめて建て売りする企画がある。それで試させてもらっていいか」

「本当ですか？」

案の定、宇崎は段階こそ踏んできたが、美澤建材に対して最初の門を開いてくれた。

「ああ。俺も厳しいが、うちは職人たちがもっと厳しいぞ。実際の扱いやすさは、職人でないとわからないし…。現場の声も反映させないと、お前はどこまで勝手をやるんだと言われかねないからな」

「ありがとうございます！」

宇崎らしいというか、意外というか――その返事は、ワンマンに聞こえて実に部下思いなものだった。

うちの職人とは言っても、おそらく全部が全部社員ではないはずだ。

それこそ宇崎建設の下請け会社、更には孫請け会社の職人たちで、本来なら何を現場で言ったところで、宇崎のところまで届くことはない。不平不満しか出てこなくても不思議がない立場の者たちだろうが、宇崎の話を聞いていると、そうでもないようだ。

『そうか。そうだよな。宇崎室長なら、自分で現場まで確認に行きそう。それこそ、手を抜くなよぐらいの気合《きあい》いれは、手間を惜しまずに自分でやってしまいそうだもんな』

だからこそ、幾度か足は運んだが、佐藤も飛び込みだったにも拘《かか》わらず、営業することが叶《かな》った。

きちんとした仕事の話をさせてもらうまでには、試されているのかというほど時間はかかったが、結果的には受け入れられた。

しかし、佐藤がホッとしたのもつかの間だった。

「じゃ、話が一段落したところで、一度本当に飯でも…」

「あ、そうだ。今になってしまいましたが、この度《たび》はおめでとうございます」

「何がだ？」

宇崎は佐藤に「今夜こそ付き合え」と言いかけたところを阻《はば》まれたためか、怪訝《けげん》そうな顔をした。

「ご結婚なさるって、お聞きしたので。きっと素敵な方なんでしょうね。お祝いは改めて贈らせていただきますが…」

切り出すタイミングが悪かったが、変に話を引っ込めるのも不自然だった。

佐藤は席を立ちあがると、にっこりと笑って先にお祝いを伝えさせてもらった。

「いや、いい」

宇崎は席を立つと、プイと顔を背《そむ》けた。

「え？」

「今の話はなしだ。帰ってくれ」

おもむろにそれだけを言い放ち、応接間から仕事部屋へと移動してしまう。

「あ、え？」

バタンと、まるでこれまでのすべてを断ち切るように閉められ扉に、佐藤はただ困惑した。

「あの、あの、宇崎室長」

何がどうしたらこうなるのかが、わからなかった。

たった数秒の間に突き放されて血の気が下がり、佐藤は立ち上がって追いかけようとしたが、今にも倒れそうになって道場に支えられた。

「佐藤さん」

『どうして？　どうしてなんですか、宇崎室長！』

その後は道場に支えられるまま、別室へ移動した。

道場が「すみません。じつは」と切り出したのは、それから十分程度が立ち、すっかり気が動転した佐藤が少し落ちついた頃だった。

2

その日佐藤は、会社を出てからも宇崎のことが頭から離れなかった。

会社に戻った佐藤に仙道は、真っ先に「どうだった?」と聞いてきたが、「今日はちょっと。また後日頑張ります」としか濁《にご》せず、それどころか入社以来初めて体調不調を訴え、早退させてもらうことになった。仙道は心配そうに「送ろうか」と聞いてくれたが、かえって申し訳なくて一人で帰って来た。

『馬鹿だな、俺…。本人から聞いたわけじゃないのに…。なんであんなこと言っちゃったんだろう』

一度は契約を得ながら、よけいなひと言のためにすべてが壊れた衝撃は大きかった。

だが、佐藤が本当に打ちのめされたのは、多少は芽生えていたはずの信用まで壊してしまった、自分が発した心ない一言で宇崎を怒らせ、ガッカリさせたかもしれないことだった。

「あれ。どうした柚希《ゆずき》。顔色良くないな。大丈夫か?」

肩を落とした佐藤に声をかけたのは、八百屋の主人だった。

「はい。ありがとうございます。大丈夫です」

美澤建材がある品川から佐藤が住む北品川は、私鉄でひと駅という近場にあった。

普通電車しか停まらない小さな駅だが、いざとなったときに徒歩でも可能な距離だけに通勤には困らない。駅から多少歩けば家賃もさほど高くなく、また近場に商店街もあるので買い物にも不自由がない。

「そう。ならいいけど。あ、疲れもあるんだろう。これ、持っていきな。少しは元気になるぞ〜」

「すみません、いつも。なんだか買い物に来るよりいただきものが多い気が…」

「いいっていいって。それより帰ったらちゃんと休めよ。元気になったら、また顔見せてくれればいいから」

「はい。次は買い出しに来ますんで」

「おう。そしたらまた専用特価品作っとくよ」

しかもこの人情。まだ小さな甥・匠哉《たくや》と二人暮らしをしている佐藤にとって、何かと便利な大型スーパーや会社近くのデパートより、この商店街は心強い存在だった。

便利さだけで言えば大型のショップや駅に隣接したデパートのほうが上かもしれないが、それでもこの温かさには敵《かな》わない。何かの時に助けを求められるのも、やはり地元に根を張る人間たちだ。

『本当の気遣いって、こういうことだよな――――』

佐藤は手渡されたリンゴ一つがいろんな意味で重くて、肩が落ちた。

〝すみません。社内で噂になっているので勘違いされたんだと思うんですが、あれは周りが勝手に決めたことで、本人は乗り気ではないんですよ〟

頭の中では幾度となく、道場から受けた説明がリピートされた。

〝確かにいいご縁《えん》ではあるんですが、宇崎《うざき》は相手の女性とも会ったことがなくて。しかも、まだ見合い写真を見せられただけなのに、気がついたら入り婿の話にまでなっていたので、そりゃもう怒っていて〟

言われるまでもなく、宇崎の機嫌が悪かったのは佐藤自身も感じていた。

どうにか途中で普段通りにはなってくれたが、それでも今日に限って妙《みょう》に絡んで来たのは、単純に佐藤が社外の人間だったから。憂《う》さ晴らしに飲みにでも付き合ってほしくて、口にしていただけかもしれない。

商談もひと段落したし、今日ぐらいはちょっと付き合え。気晴らししたいことがあるから、できればお前に付き合ってほしい。そう、言いたかっただけなのかもしれない。

『そりゃ、怒って当然だよな。何も知らない奴が何を言ってるんだって。こっちは人生がかかってるのに軽く言うなって』

宇崎にしてみれば。初めて佐藤に甘えて来たのだ。

仕事とはいえこれまでのやり取り、短い期間ではあっても時間の積み重ね、それらが生んだ信頼があったからこそ〝愚痴《ぐち》の相手〟なり〝気晴らし相手〟に選んだのだろうが、それを佐藤は断るどころか――――そう思うと、どうにもこうにもやりきれなくて、必要以上に自分を責めた。

道場はあくまでも、「これは宇崎の一方的な八つ当たりなので」と頭を下げ続けてくれたが、佐藤にとってはそれさえ申し訳ないだけだ。

『本人から聞いたわけでもないのだから、今日のところはって。一度はそう思ったはずなのに、なんで言っちゃったんだろうな』

そう、佐藤が介入するべきことではないのは、自分が一番わかっていた。

うっかり口に出たのは、仕事が上手く運《はこ》べた油断からだ。

自分ばかりが喜び勇《いさ》んで、相手の顔色が見えなくなっていた。少しでも長く宇崎と一緒にいたい。だから仕事がしたいと口にしたにも拘《かか》わらず、これでは「やっぱり仕事さえ取れれば、お前は俺自身のことなんかどうでもいいんだよな」と取られたとしても、言い訳できない。

瞬時に相手の顔色や内心を見抜くのは、宇崎のほうが佐藤より何十倍も達者《たつしゃ》だ。

そもそも海千山千の営業を相手に立ち回って来たのだから、自分ごときが敵《かな》うわけもない。だからこそ真っ向から、嘘偽《うそいつわ》りもお世辞《せじ》もない体当たり営業を仕掛けたはずなのに、佐藤は最後の最後によけいな体当たりまでしてしまった。

その結果、せっかく得ていた信頼を失くすことになって――――佐藤を地の底まで落ち込ませていたのだ。

『参った』

似たような失敗なら、過去にもあった。だが、今日の後悔は何か違う気がした。

相手が宇崎だからというのは、佐藤にもわかっていた。

少なからず佐藤は宇崎の人柄に惹かれていた。

彼の才能や仕事も尊敬していたが、彼自身の人間性をも尊敬していたので、そんな相手を自分が少なからず怒らせた、傷つけたかもしれないと思うことが、佐藤をいつまでたっても復活させてくれなかったのだ。

「パパ、どうしたの？」

見るからに様子がおかしい佐藤に、匠哉が首を傾《かし》げた。

三才の時に引き取った甥の匠哉はすでに八才、この春から小学校三年生だ。

自分が育ててみるまで想像もしていなかったが、子供の能力は大人には計《はか》り知れないものがある。環境が影響したのもあるだろうが、早くから若い佐藤と二人暮らしになった匠哉は同じ学年の子供より少し大人だ。

我慢強くて、礼儀正しい。

宿題はしたかなんて聞かなくても、自分で終わらせ、予習までする。

しかも、どんなに親が残してくれた保険金があるから心配ないと言っても、匠哉は小・中学は区立、高校は都立、そして大学は国立を目指すと豪語する頼もしい八才児だ。

佐藤が八才の時は、自分の進路なんか考えていただろうか？　と記憶をたどっても、テレビ番組と遊ぶ予定しか立てていなかった気がするだけに、姉夫婦の忘れ形見《がたみ》は本当に優秀だった。

いまではちょっとした相談相手にさえなるほどだ。

「ん？　ちょっと仕事で失敗したんだ。よく考えもしないで、言っちゃいけないこと言っちゃって。大切なお客様を怒らせちゃったんだ」

「だったらごめんなさいでいいんじゃないの」

そうして子供らしいと言えば子供らしい発想に、佐藤はいつも元気づけられた。

「え？」

「だって、失敗しちゃったんなら、それしかないでしょう。大丈夫だよ。パパなら許してもらえるよ。だって匠哉のパパだもん」

わかっているはずなのに、頭の中から抜けていた。

思考が行動に繋がっていないことに気付かされて、ハッとさせられる。

「そうか。そうだよな。まずは、ごめんなさいしないと始まらないよな」

自分の軽率《けいそつ》な言葉を宇崎が許してくれる、くれないは二の次だ。

まずは誠心誠意謝罪してみなければ、後悔ばかりが募《つの》って、やりきれない。

「ありがとう。そうするよ」

「へへ」

ただ、自分が楽になりたいがために謝罪する。許しを請《こ》う。これではだめだと佐藤は思った。

少なくとも宇崎には嫌な思いをさせた。ここを少しでも改善したい。そのためには、どうしたらいいだろうかと考えるほうが、漠然《ばくぜん》と後悔だけするよりは前向きだ。

「パパ」

「ん？」

「――ママって、呼んでもいい？」

いくらか覇気《はき》が戻った佐藤に、匠哉が照れくさそうに言った。

佐藤が「いいよ」と言いながら両手を広げると、匠哉は「へへへ」と笑いながらも両手を伸ばして、抱きついてくる。

「俺はパパでありママであり、お兄ちゃんであり友達でもあるんだから、遠慮しないでどんと来い」

「うん。ママ！」

正直言ってしまえば、佐藤にだって誰かに縋《すが》りたいときはある。

甘えて愚痴《ぐち》って、頼りたいと感じることもある。

だが、今はそうも言ってられない。佐藤には匠哉を立派な大人に育てて、巣立ちさせるという一番の目標がある。このためだけに、佐藤は毎日頑張って来た。

そしてこれからもそれは続く。

『まだまだ親が恋しい年頃だよな。俺が頑張らなきゃ。怒らせちゃった、どうしようじゃすまない。ちゃんと謝って許してもらわなきゃ』

それでも佐藤は、こうして匠哉が甘えてくれることが嬉しかった。

『また一から、いや…ゼロかマイナスからの営業になっちゃうけど…。ラビットハウスには、うちの建材を使ってほしい。それ以上に、俺も宇崎室長と仕事がしたい』

人の温《ぬく》もりに触れているとホッとした。

愛に飢《う》えているのは匠哉だけではない。今の匠哉と同じころに、佐藤は火事で両親と家を失くした。

そして唯一の肉親となった姉や、本当の弟のように接してくれた義兄《あに》まで五年前に事故で失くした。

匠哉が残っていなければ、打ちひしがれて立ち直れなかったのは佐藤自身だ。

『いっときの食事じゃなくて、やっぱり一緒に仕事がしたいから――――』

佐藤は、いつになく長々と甘えて離れなかった匠哉を見ていたら、慰められているのは自分のほうかもしれないと感じた。

甘えさせてもらっているのは、自分のほうだ。そう実感して、ますます匠哉が愛おしくなった。

「匠哉、好きだーっ」

「僕も大好き～」

誰に邪魔されることもなく、ギューギューと抱き合う。

いつか匠哉にも、こうして抱き締める相手ができるだろうが、せめてそれまでは。そんなことを思ってしまう佐藤は確かに父であり母であり、そして叔父《おじ》であり兄でもあった。

「あ、りんご貰《もら》ったんだ。食べようか」

「それって八百屋《やおや》のお兄ちゃん？　それともおじさん？」

「おじさんだよ。どうして？」

「ううん。いつも良くしてくれるから、ちゃんとありがとうって言わなきゃと思って」

「そうだな。会ったらちゃんとお礼言うんだぞ」

「はーい」

そして甥は、甥はと言えば――――。

『八百屋のおじさん、離婚してから親切度が五割増しだな。まさか柚希《ゆずき》を狙ってるんじゃないだろうな。最近はノーマルに見えるおっさんでも侮《あなど》れないからな。特に柚希は綺麗だし、可愛いし…。これはブラックリスト入りだな』

笑顔の下で、佐藤が想像もしないようなことをへーへーと考えていた。

「あ、パパ。りんご、うさぎにしてね」

「いいよ～」

知らぬは大人ばかりなり。

「わーい。うさぎだー」

それでも今夜も佐藤家は平和だった。

『これで喜ぶなんて、まだまだ子供だな』

佐藤は自宅でエネルギーを回復すると、翌日も腹を据《す》えて出社した。

佐藤が慌てて宇崎の元に出向いたのは、翌朝一番のことだった。

出勤して間もない時間、道場《みちば》から連絡が入り「もし都合がいいようであれば、これから宇崎と共に謝罪に行かせてほしいのですが」と言われて、「滅相《めっそう》もない」と返事をしたからだ。

確かに道場は「あれは宇崎の八つ当たりです」と言った。

だが、させなくてもいい八つ当たりをさせたのは佐藤であって、宇崎が勝手にしてきたわけではない。

少なくとも宇崎は機嫌が悪いときでも、きちんと商談はしてくれた。そして冷静な判断をした上で、お試しとはいえ一度は発注を決めてくれたのだ。

「昨日はすみませんでした。よく知りもしないで、俺がぶしつけなことを言ってしまったがために、大変不愉快な思いをさせてしまって…」

しかも、あとから気付いたことだが、佐藤は心から宇崎の結婚を祝福はしていなかった。あれはとってつけたような社交辞令であって、仕事が取れた喜びから口を衝いたに過ぎない。

いろんな意味で失礼を重《かさ》ねたのは、自分だと感じていた。

「本当にすみませ…」

それだけに、ここで宇崎に謝らせるわけにはいかなかった。佐藤は自《みずか》ら宇崎の元へ出向くと、その顔を見た瞬間に頭を下げた。その場に両手もつこうとしたが、それは宇崎に待ったをかけられ止められる。

「いや、いいって。膝は折るな、やめろって」

宇崎はバツの悪そうな顔で、中腰になった佐藤の腕を掴んでいた。

「俺も大人げなかった。お前がよく知らないのは当たり前のことだし、これだけ社内で噂になっていれば、それを耳にした対応としては、あれが普通なんだろう」

そのまま力強く引き上げて、その後は頭を下げてきた。

「ただ、俺が勝手に腹を立てただけだ。しかも公私混同もいいところで…。恥ずかしい話だ。すまない」

とても潔《いさぎよ》い姿だった。

大企業の御曹司《おんぞうし》であり、自分の采配《さいはい》ひとつで巨額を動かすことに慣れた男が見せた謝罪としては、驚くほど清々《すがすが》しいものだ。佐藤も社会に出てから五年は経《た》つ。どんなに自分に非《ひ》があっても認めない、立場を誇示《こじ》して謝罪を避ける人間も数えきれないほど見てきた。

不思議なもので、上の立場に行けば行くほど、自分より上の者には謝罪をしても、下の者には適当に済ませる。もしくは誠意のない上《うわ》っ面《つら》な言葉だけで流す者が増えていく。

そんなことになんの意味があるのか、また誇示があるのかは理解できないが、少なくとも佐藤が知る限り、宇崎ほどの立場を持った男が頭を下げてきたのは初めて見た。

その姿だけで、佐藤は言い知れぬ感動を覚えたし、息が詰まった。

「いえ、そんな…。事実でもないことで、あれこれと言われたら、誰でも腹が立つと思います。宇崎室長が怒られても、それこそ当たり前の事で…」

できることなら今後もいい関係でいたいし、自分も彼から確かな信頼が得られる人間になりたいと改めて思った。

「本当にすみませんでした。反省しています。二度と、このようなことがないよう気をつけますので」

「どうか仕事の件は…ってか」

一通り謝罪が終わると、宇崎はククっと笑った。

少し茶化すような口調は、安堵《あんど》と機嫌が良い証《あかし》だろうか。

「いえ。それは、今は…」

「なんだ、諦めるのか。俺は自分の非を認めてるんだから、お試《ため》しはしても良いと思ってるのに。いらないのか？　宇崎からの発注は」

宇崎ほど早くは立ち直れないし、切り替えもできない佐藤に、宇崎は今日も遠慮がない。

「っ、いります！　ほしいです!!」

思わず釣られて叫んでしまったが、佐藤はすぐに両手で口を塞いだ。

それを横目で見ていた道場が、堪《こら》え切れずに噴き出した。

昨日は凍りついたようになった応接間が、そこはかとなく温かい。まるで今朝の陽気のようだ。

「すみません。でも…」

佐藤は口ごもりながらも、どうしたものかと悩んだ。

「このさい、仕事は仕事で私情は私情だ。俺もそこまで陰険な男じゃない」

「ありがとうございます」

しかし、これ以上はかえって失礼にあたるだけだと判断し、今一度身体を折り曲げて感謝を示した。

『よかった…。これで仙道《せんどう》先輩にも、ちゃんとした報告ができる』

まだまだ一歩進んだだけのことだが、この一歩は大きい。一度は閉めだされたかに見えた門が開かれ、再び潜《くぐ》ることができたことは佐藤にとって奇跡に近い。

口にはせずとも骨を折ってくれたのだろう道場にも、心から感謝だ。

佐藤は道場のほうを向くと、心を込めて会釈した。

すると、「どういたしまして」という笑顔が向けられ、佐藤の顔にもようやく笑みが浮かんだ。

「ああ。ただし、一つ頼みたいことがあるんだが」

しかし、宇崎の話はこれで終わらなかった。

「なんでしょうか。規格や価格交渉の話でしたら、出来る限り…」

「いや、それはいい。俺が頼みたいのは、プライベートでの話だ」

「プライベート？」

「そう。この結婚話をぶち壊すから手伝ってくれ」

「――――!?」

仕事の話に行くのかと思いきや、佐藤が真顔でキョトンとしてしまうようなことを言ってくれた。

「仕事に私情は持ち込まない。だが、お前が俺を不機嫌にした事実は変わらない。手伝ってくれたら全部綺麗に水に流すから、責任取って手伝え」

立て続けに言われても、上手く理解できない。

「え、でも…それとこれとは何か違う気が」

宇崎が言わんとすることはわかるが、おそらく佐藤自身が理解したくないのだろう。それほど宇崎はどさくさに紛《まぎ》れて、とんでもないことを言いだした。

「何も違わない。お前は大事な仕事が守れたんだから、個人的な失態《しったい》は個人的な努力で解決しろ」

会社の応接間とは思えないラフな物言いが、佐藤を混乱させた。

「だからって、結婚話をぶち壊すって…。いったい俺に何をさせようって言うんですか」

「簡単だ。少しの間、親父の前で恋人のふりしてくれれば良いだけだ」

一言「嫌です」と言ってしまったほうが早かった。そう気付いたときには遅かった。

「へ。いや、でも…俺は男ですけど」

あまりに腹が立って、宇崎はどうかしてしまったんだろうか？

勝手に決められている結婚話をどうにかしたいまでならただの愚痴だと思うが、それをぶち壊したいとなったら、これは愚痴とは別物だ。

しかも、そのために佐藤を巻き込もうと言うのは、ただの横暴《おうぼう》だ。

「ちょっと変装してくれれば、どうにでもごまかせる」

何を基準にそこまで言い切るのか、佐藤にはわからない。

「いや、そんな馬鹿な。それなら本当の女性に頼まないと」

「こんなことを女に頼んだら、逆に既成事実にされかねない。俺はお前が男だから安心して頼んでるんじゃないか。お前なら俺にむかって、本当に結婚してくれなんて言わないだろう」

だが、どんなに本業が営業職であったにしても、それを日々躱《かわ》しているだろう宇崎相手に、口で勝とうとしても無理なのだ。

何せ、同じしゃべりでも佐藤と宇崎では用途が違う。相手を言いくるめて、丸めこんでなんぼという宇崎が本気で佐藤を落とそうと思ったら、赤子《あかご》の手をひねるより簡単だ。

「そりゃそうですけど…。でも、相手の女性は傷つきますよ。先方は、宇崎室長と結婚できるって、喜んでるかもしれないのに」

それでもどうにか回避しようとするのは、もはや仕事ではなく本能からだろう。

宇崎ににじり寄られるたびに、佐藤は逃げるように後ずさった。

「わかりやすい理由もなく断られたり、愛のない結婚で一生を棒に振る。もしくは、離婚でバツイチになるよりはいいだろう」

「会ってみたら、気が合うかもしれないじゃないですか」

最後まで抵抗した。

どう考えても女装で恋人のふりは変だ、可笑《おか》しいだろうと思ったのだ。

どうしてそんな役回りが自分に来るのかがわからないし、別に女性だと困るというなら、社内の部下に頼んだっていいじゃないか。宇崎が相手なら喜んで協力する者はいるだろうし、友人知人に頼んだって、問題があるとは思えない。

最悪銀座のお姉さんや新宿のお兄さんに頼んだっていいはずなのに、どうして自分なんだ!? と。

「気が合うのと、結婚したいかどうかは別問題だろう。セックスしたくなるかどうかも同様だ」

「――――っっっ」

だが、とうとう壁際まで追い詰められ、ドンと壁に付けられた宇崎の両腕の中に閉じ込められて、その上普段聞き慣れないセクハラまがいな単語まで浴《あ》びせられると佐藤は陥落《かんらく》

した。

「とにかく、親父《おやじ》には付き合ってる奴がいるから、断ってくれって言っちまったんだ。そしたら、その交際相手と会わせろって言って聞かないんだから、仕方ないだろう」

もはや宇崎が何を言ったところで、佐藤は頭に血が上《のぼ》って沸騰中だ。

こんな話、酒の上でも勘弁してほしいだろうに、素面《しらふ》では目が回るだけだ。

「でも、ばれたらもっと大変なことになるだけじゃないですか」

それでも諦めずに抵抗を試《こころ》みたのは、宇崎の顔があまりに近くにあったから。

「ばれないように最善を尽くす。どう転んでもお前に迷惑はかけない。それならいいだろう」

「いや、でも」

セックスという単語を発した形のよい唇が、今にも顔のどこかに触れるのではと思うほど、近くに迫って来たから。

「お前、本当に俺に悪いと思ってるのか」

「思ってます」

しかし、どんなに振り切ろうと頑張っても、お願いから徐々に脅迫に転じられたら、佐藤では黙るしかなかった。

「なら、黙って言うこと聞け。それで仕事も上手くいくんだから、文句ないだろう」

「…っ」

頼みの綱とばかりに道場へ視線を飛ばすが、肝心な道場は両手を合わせて佐藤に頭を下げていた。

全身で、「ここはどうか、聞いてやってください」と訴えて来る。

『そんな馬鹿な…』

泣くに泣けないとはこのことだった。

「とにかく、都合はそっちに合わせるから、一週間内に日時を決めろ。半日もあれば事は済む。それでデベロッパーまで話が進んだら、安いもんだろう」

話が終わっても、宇崎の口調は変わらない。

完全にオンオフが狂ったまま、仕事の話まで持ち出した。

「それって、完全に公私混同なんじゃ」

ついつい口が滑ったのは、佐藤の本心だ。

「なんか言ったか」

「いえ、何も」

すぐに笑顔でごまかしたのは、仕事柄というより本能だ。

じっと観察していた道場だけが気付いたことだろうが、佐藤もそれなりにいい性格だ。逆に人間味を感じたのか、道場は肩を震わせて笑いをこらえている。

「なら、決まりだ。あとの予定は道場と決めといてくれ。俺はそこに合わせるだけだから。んじゃ、仕事するから今日はこれで」

宇崎は自分の用が済んだら、さっさと応接間から仕事部屋に撤退していった。

今にも爆発しそうなほど動悸《どうき》が激しくなった佐藤のことなど置き去りで、傍若無人《ぼうじゃくぶじん》もいいところだ。

「外壁板の柄デザインまではしたことないからな～。んと、今になって余計な仕事が増えちまったよ」

それなのに、わざとらしく聞こえてきた〝楽しげなぼやき〟に、佐藤の鼓動は早まることがあっても、とどまることを知らない。

『宇崎室長…』

こうなると、怒っていいのか喜んでいいのかもわからない。

『外壁板の柄…、もう…、考え始めてくれるんだ。それってことは…』

期待してもいいんだろうか？

いやいや、まずは先に貰った仕事で評価を受けてからだ。

個人的に頼まれたことで失敗したら、すべてが泡《あわ》になる可能性も否《いな》めない。

「すみません。かえって多大なご迷惑をおかけすることになって」

立ちつくす佐藤に、道場が珈琲《コーヒー》を入れて持って来た。

「私が女装でもなんでもできれば良かったんでしょうが、さすがに二十年は若くないときついかな…と。なので、どうか宇崎を助けると思って協力してやってください」

彼は彼で佐藤に本気で申し訳ないという姿勢を示していた。

二十才若ければ自分が恋人役をもいとわないと明かした忠誠心には、さすがに佐藤も完敗だった。

道場は心から宇崎の行く末だけを心配しているのだろう。と同時に、たとえ誰が何を言ったところで、宇崎には納得のいく結婚をし、悔《く》いのない人生を送ってほしいのだろう。

そうでなければ、秘書の立場でこんな子供じみた作戦のために大事な時間を都合したりはしないだろうし、自分ができる限りの協力を――とも、思わないはずだから。

「わかりました」

佐藤は差し出された珈琲を受け取ると、その後は今後の予定について道場と相談した。

大まかな予定を組んでから会社に戻って、まず品定《しなさだ》めのために二十棟分の〝和彩〟の受注契約を貰った報告をしたが、そのために美澤建材本社は大騒ぎになった。

〝えらいぞ、佐藤！　よくやった！〟

三分も経《た》たないうちに、製造工場の工場長までもが自ら電話を寄こして、受話器の向こうで万歳三唱しているのを聞かせてくれた。

「あ、ありがとうございます。そう言ってもらえて、俺も嬉しいです」

終始笑顔が引き攣《つ》っていたのは、快挙《かいきょ》を遂げたはずの佐藤だけだった。

「ありがとう、佐藤」

さすがに普段鋭い仙道さえも、今日ばかりは佐藤の様子がおかしいことに気付くことはなかった。

＊　＊　＊

どう考えても、仕事がなければ縁もゆかりもなさそうな人間たちの縁談話をぶち壊すという変な企画が実行されることになったのは、四月も終わろうという日曜のことだった。

見渡す世界は春爛漫《はるらんまん》。当然世間はゴールデンウイーク。

遠出《とおで》する予定はないが、休みの時ぐらい匠哉《たくや》と一緒に居ようと決めていた佐藤だったか、今日ばかりは仕方がない。むしろ、好《この》ましくない事態は早く済ませて終わらせたいという気持ちも手伝い、最も早いところで手を打った。

道場と相談した結果、本日正午から半日程度の拘束《こうそく》で、という約束になった。

しかし、たかが半日されど半日。宇崎は簡単に言ったが、佐藤にとっては準備の時間を入れたら早朝から支度を強《し》いられるという一大事になった。

なぜなら、一言で「女装」といっても、いろいろある。

しかも、そんな衣類や装飾類が簡単に揃うような環境にいたら、それこそおかしいだろう。間違っても佐藤にそんな趣味はない。

手元にあったとしても、姉が残していった着物ぐらいだ。

それもスーツやワンピースではない。銀座の高級クラブに勤めながら佐藤を育ててくれた姉が残した、正真正銘の着物たちだ。

着付けを手伝うことも多かったので、佐藤自身も着れないことはない。

不本意とはいえ宇崎建設の社長に会う、それも宇崎の恋人として会うというなら、むしろ品質の確かな一着でというのは正解かもしれない。が、だとしても――。

佐藤は訪問着として恥ずかしくない本加賀友禅《ほんかがゆうぜん》の、それも今の季節に似合いな薄桃色の生地《きじ》に桜や撫子《なでしこ》、萩《はぎ》の小柄が可憐な一着を選びはしたが、それを着た自分自身の姿に目眩《めまい》がした。顔から火が出るほど恥ずかしかった。そうでなくとも朝から姉の着物など着込んでいれば、同居人が変に思うのは当たり前だ。

〝パパ、どうしたの。ママの着物なんか着て〟

匠哉の問いかけは、誰が聞いても常識の範囲内だった。

〝ちょっ、ちょっと会社の余興《よきょう》で…〟

〝そうなの。でも、すごいママそっくり！　本当にママみたいだよ〟

可愛い甥に対して、生れて初めてついた嘘がこれかと思うと、佐藤は一人の親として泣きたくなった。

この気持ち、宇崎や道場にはわかるまい。ちょっとだけ手のひらで拳《こぶし》も作った。

〝そ、そうか…〟

〝うんうん。パパ、もともとママそっくりの美人だもん。絶対に一位だよ〟

〝一位？〟

〝女装コンテストなんでしょう？　どうせなら、この頭の飾りも付けなよ。あ、口紅はこの薄いピンクがいいね。そのほうがもっと可愛いよ〟

匠哉に罪がないのは十分承知だったが、佐藤はこんなときにも気が利き過ぎる甥に、泣きたくなった。匠哉が選んで付けてくれた花の髪飾りと口紅のおかげで、佐藤はとどめを刺された気分になったのだ。

〝わ。可愛い！　パパ、匠哉のお嫁さんにしたいぐらい〟

そもそも化粧などしなくても、口紅一本で十分な若さと色白な肌は、佐藤を完全に深窓《しんそう》の令嬢へと作り上げてしまった。

疑問を覚えながらも「ありがとう」と言うしかない親の立場に、佐藤はやはり握り拳を作るしかない。なんで俺がこんな目に遭わなければならないのだ⁉　と。

〝じゃ、ちょっと行ってくるから〟

それでも携帯や財布、定期といった普段から持ち歩いている物をこれまた愛らしい紅色の巾着《きんちゃく》バッグに詰め込むと、佐藤は逃げるようにして家を出ようとした。

今会ったら、たとえ宇崎が相手でも、無言で殴ってしまうかもしれない。それがなくても、優美な衣装に合わない眼光ぐらいは飛ばすだろう。

それなのに――――。

〝あれ、お迎《むか》えがきたよ。カッコいい車だよ〟

変に気を利かせた宇崎が、自宅まで迎えに来たからたまらない。

それも下町情緒たっぷりの商店街の近所に建つようなこじんまりとしたアパートの前に、真っ白なメルセデスのコンバーチブルを乗り付けて来たから、これには佐藤も卒倒しそうになった。

何気なく立ち止まって見ていく、通りすがりの世間の目が痛い。

〝あ、きっと会社の人が気を遣ってくれたんだよ。まさか、この格好でウロウロするわけには行かないだろう〟

〝そっか。でも、なんか柄悪そうなおじさんだよ。怖い人っぽいよ〟

我が甥ながら、匠哉の観察力は本当に鋭く、正しかった。

ブランド物とはいえ、ラフなカジュアルスーツに身を包んだ宇崎だったが、もともとの強面《こわもて》にサングラスは強烈すぎる。

〝人を見かけで判断しちゃだめだろう〟

思わず、「中身はもっと怖いんだよ」と言いたくなってしまうほど、今日の宇崎は気合が入っていた。

〝はーい。ごめんなさい。じゃあパパ、頑張っていっぱい景品取ってきてね！　僕、あとでお出かけするけど、メール入れとくから～〟

〝ああ。気を付けて行けよ〟

朝の短いやり取りの間に、佐藤は「勘弁してくれ」と心の中でどれほど叫んだかわからない。たとえそれが一度や二度であっても、気分は数万回分だ。今から疲労困憊《ひろうこんぱい》だ。

『心臓が止まるかと思った。匠哉の突っ込みにも、宇崎室長の迎えにも』

それでも佐藤は、頬を引き攣らせながらも、エスコートされたメルセデスのナビシートに乗り込んだ。

普段着ることのない着物や草履《ぞうり》でのたち振る舞いは想像以上に過酷で、そうでなくとも俊敏《しゅんびん》とは言い難《がた》い佐藤の動作を、ますますおぼつかないものにする。

『てっきり社用、秘書付きで来るんだとばかり思ってたのに。これって完全にプライベートモードじゃないか。服も、アイテムも、車も。道場さん、もしかして裏切ったな』

そんな様子をじっくり見たくなったのか、宇崎がサングラスを外《はず》した。

慣れた手つきでハンドルを回す仕草も様になるが、サングラスを外す姿もまるで映画の主人公のようだ。

『どうしよう、なんか余計に緊張してきた』

匠哉じゃないが、佐藤は今日の宇崎が本当に怖いと感じた。

それがただの怖いなら頬も赤くならずに済むだろうに、始末に悪いのは「怖いけどカッコいい」と感じてしまうところだ。

会社で会う宇崎も、確かにカッコいい。年相応の貫禄《かんろく》があって、才能も豊かに溢れていて、初めて対面を許されたときから見惚れるばかりの存在だ。

こんな社長子息だったら、さぞ社員も張り切るだろうと自然に思わせる。

だが、それらの肩書きのすべてを捨てても、やはり宇崎はカッコいいのだ。

高級車に乗っているから？

高級品を身に着けているから？

いや、そうではなく、いつも以上にこれらが揃って初めてわかる。どんな名車もスーツも敵わない。それを操り、纏《まと》う宇崎自身の魅力のほうが数倍も上だった。

同じ男として嫉妬も湧かない。なのに自分はこんなカッコで隣にいるのだと思うと、よけいに佐藤は恥ずかしかった。

何もかもが半端《はんぱ》で粗末《そまつ》で、こんな羞恥《しゅうち》プレイはないと感じた。

「まさか、そこまで化けるとは思わなかったな」

だが、そんな佐藤に宇崎は感心したように呟《つぶや》いた。

「はい？」

「もともと綺麗な顔立ちをしているのはわかっていたが、そうしていると男には見えないな。正直言って、どきりとさせられた」

なんだかえらく楽しそうだ。

佐藤はこんなに恥ずかしいと感じているのに、宇崎は一緒にいて嬉しいらしい。

「っ…、素直にありがとうございますとは言い難いんですけど」

どこから何が狂って、こんな事態を招いているのか、佐藤は運命を呪《のろ》うばかりだ。

今となっては仕方がないが、あのとき安易《あんい》に発した「おめでとうございます」のために、取り返しのつかないことになっている。

「すまない。だが、俺としてはそうとう褒《ほ》めてる。本当に恋人にしたくなってきた」

それにも拘《かか》わらず、宇崎が最高の笑顔で最悪な冗談を言うものだから、「宇崎室長」と叫んだ佐藤は半泣きだ。

「ふざけないでください」

本人には気の毒だが、震える淡いピンクの唇が、よけいに愛らしく見えてしまう。

「くく」

その後もしばらく宇崎の笑いは止まらなかった。

どこからともなく飛んでくる桜の花びらさえ、今日ばかりは宇崎を引き立てる小道具だ。

それほど彼は生き生きとしていて、生命力に溢れている。

『もう。宇崎室長ってば』

そうして走り続けた車が向かった先は、老舗《しにせ》ホテルとしても名高い赤坂プレジデントホテルだった。四季折々《おりおり》の彩《いろど》りを魅せる日本庭園が有名なのだが、今の盛りは桜。佐藤は散り急ぐようにも見える満開の桜に出迎えられて、ホテルのエントランスに到着した。

「いらっしゃいませ。宇崎さま」

「車を頼めるか」

「かしこまりました。それではキーをお預かりして、のちほどフロントのほうに申しつけておきますので」

「ありがとう」

ここでも宇崎は、慣れた会話で車のキーをベルボーイに預けた。

おぼつかない足取りで車を降りた佐藤の隣に回ると、利き手を背に向け支えてくれる。

『宇崎室長』

その行動が自然すぎて、佐藤はかえって違和感を覚えた。

「そうだ。室長呼びはやめてくれよ。恋人としては変だからな」

「え」

「俺も名前で呼ぶから。確か、佐藤柚希《ゆずき》だったよな。女名前でも違和感ないな。そのままでいいか。な、柚希」

『俺は男なんですけど…』

ここで言っても始まらないが、佐藤は複雑な気持ちになった。

自然に手助けしてくれた宇崎の手も「柚希」と名前を呼ばれたことも特別嫌ではないが、

かえって嫌ではないことがいいとは思えなくて、違和感を覚えたのだ。

が、しかし――――。

「嘉寿。待たせたな」

そうも言っていられないという状況になったのは、ホテルのロビーに立って十分が過ぎたころだった。

佐藤の目の前に現れたのは、宇崎の父である宇崎建設の社長。それだけではなく、深紅のツーピースが嫌味もなく似合う美女、九条梨都子《くじょうりつこ》が一緒だったのだ。

「どういうことですか」

佐藤はひたすら困惑の声を上げた。

「さあな。俺は聞いてない」

さすがに宇崎も同様の反応だった。

これは知っていて知らん顔したわけではなさそうだ。

「簡単なことだ。お前がどれほど素晴らしい恋人のために、梨都子さんとの縁談を断るのか、ご本人も確かめたくなったそうだ」

なぜ縁談相手がここにいるのか、説明してくれたのは宇崎社長だった。

佐藤が間近で見るのはこれが初めてだったが、宇崎がいい具合に年を重ねたらこんな感じになるのだろうか？

すでに還暦《かんれき》を過ぎて五年は経っているはずだが、素晴らしくダンディな男性だ。その半面、建設業界という荒くれ男たちを従え君臨《くんりん》してきたのを証明するように、硬質なボディも持っている。

「そんな勝手な」

思わずぼやいた宇崎が、年より五才は若く見えた。

道場では感じなかった威厳《いげん》、貫禄の表れだろうが、それにしても佐藤は失笑するしかなかった。

本当に、えらいところに首を突っ込んでしまった――――と。

『そりゃそうだろうな。相手は九条財閥のご令嬢だ。それ以前に、どう見ても〝私を断るってどういうつもり〟って憤慨《ふんがい》しそうなタイプだし』

佐藤は、現われた時から視線を向けてくる梨都子に、すっかり委縮《いしゅく》していた。

『怖い…。思い切り睨まれてる』

花の髪飾りについた小さな鈴が、佐藤の怯《おび》えを表すように、チリチリと鳴いていた。

「とにかく、お前がどう考えようが、結婚は一人でするものじゃない。家族と家族の結びつきでもある。わしが認めん女を嫁には迎えん」

「別に、恋人だって言ったからって、すぐに結婚を連想するのはやめてくれ。ましてや、親父の嫁を決める訳じゃない」

そうこうするうちに、立ち話でしていいのかと思うような会話が父子《おやこ》でされた。

「ほう。だったら、結婚する気もない女との付き合いのために、梨都子さんを断るっていうのか。もっと失礼な話じゃないか。九条さんにも、そちらの娘さんにも」

「っ」

いきなり話をふられて、佐藤がビックリする。

「言い方は悪いが、息子の本性は見えただろう。君とは結婚する気もなく付き合っているそうだ。この際君も考え直したほうがいい」

「…っ」

自分の立場で言うのもなんだが、宇崎社長の言い分は正しい。

そもそも宇崎が見合いぐらいはしてみればいいのに、それさえ拒《こば》むからこんなことになるのだ。悪いのは宇崎だ。

「君はまだ若い。年相応の相手がいるだろう。何もこんな年の離れた男でなくても」

だが、ここでそれを認めるわけにはいかない。

宇崎社長の眼力もさることながら、ずっと見ている梨都子の眼力が半端でない。ここで恋人らしい反論ぐらいはしておかなければ、すべてが嘘だとバレるだろう。

「年は、関係ありません。結婚するとかしないとか、今は…そういうことも関係ありません。私は宇崎室…、宇崎さんと一緒にいたいだけで…。どうしてそれでは駄目なんでしょうか」

だから佐藤は頑張った。

たとえ蚊《か》の鳴くような声だと言われても、それは少しでも男だとばれない様にしているだけで、精一杯嘘の片棒《かたぼう》は担《かつ》いだ。

もはや逃げられない。ここまできたら共犯者だ。

「若いな。それで三男とはいえ、宇崎建設の息子と付き合って行こうというのか。しかも、こんな良縁を邪魔しようと」

努力の甲斐《かい》もなく、一刀両断にされた。

『ああ、これが大手ゼネコンの圧力ってやつか』

どうしてこんなときにという感じだが、佐藤は宇崎社長からの威嚇《いかく》が、仕事で受けるそれにかぶって聞こえた。

きっと佐藤が宇崎建設へ行くといった時に止めた仲間は、こういう目にしか遭ってこなかったのかもしれないという、ちょっとだけ卑屈《ひくつ》な思考にも走った。

「いくら親父でも、柚希への侮辱《ぶじょく》は許さないぞ」

それを思えば、なんと宇崎の心は広いことか。

アポを取るまで確かに時間はかかったが、宇崎は頭ごなしに美澤建材を邪険《じゃけん》にはしなかった。時間がかかったのは、本当に忙しいが理由で、佐藤はたんに面会の順番待ちをさせられただけだ。

営業を受けてもらうようになってからも、他の大手と比べるようなことはいっさい言わなかったし、会社の規模や佐藤の肩書きを特に気にした様子もなく、人間性だけは厳しく見られた気がするが、それ以外は商品の質そのもので検討してくれた。

宇崎も、そして道場も。

「まあまあ、そうきりきりしないで、宇崎のおじさま」

その場の雲行きが怪《あや》しさを増すと、梨都子が間に入った。

宇崎社長を相手にしても、まったく怖《お》じ気《け》づく様子がない。堂々たるものだ。

「ようは、今すぐ乗り換えないまでも、私がこの縁談を検討してもらえる価値のある女だということが、嘉寿さんにわかってもらえればいいと思うんです。しっかり彼女と比べてもらえば」

梨都子が自然と放《はな》つオーラは、自信に満ちて輝いていた。

持って生まれた美貌《びぼう》やナイスバディ、家柄もさることながら、これは梨都子本人が培《つちか》った知性や教養から生まれたものだろう。

こんなところは誰かに似ている。そうだ、宇崎に似ているのだと佐藤は直感した。

しかも梨都子が宇崎に似ているのはこれだけではなかった。

「もちろん。場合によっては、これでは私も敵《かな》わない。諦めるしかないわって結果になるかもしれないけど…。ね、柚希さん」

「え…？」

「どんなにお若くても、嘉寿さんが選んだ方ですもの。それ相応の魅力があるんだと思うの。だから、それをこれから私にも見せてくださらないかしら」

『え？？？』

「大丈夫。取って食《く》ったりしないから。ちょっとだけ女性としての資質を見せてもらうだけよ」

『そんな無茶なっ。女性の資質なんて言われたって、俺は男です！』

勝手に話を転がし、自分の都合のいいように話を運ぶところまでそっくりで、さすがに佐藤も呆気《あっけ》に取られるまま承諾《しょうだく》してしまった宇崎を睨んだ。

『どうして断ってくれないんですか、宇崎室長！』

宇崎は父親たちの目を盗んで、こそっと両手を合わせて「すまない」と合図《あいず》してきた。

こんなところだけは、道場とよく似ていた。


「取り敢えず、お料理の腕前でも見せてもらおうかしら。わたしもお見せするから、それならいいでしょう。丁度時間もいいし、ランチ作り対決ってことで」

そう言って梨都子に案内されたのは、ホテルの厨房《ちゅうぼう》だった。

メインではなく、サブ的に使用される一角なのかもしれないが、それにしたってどんなコネでこんな場所の使用許可を取ったのだろうと思わせる。

しかも梨都子が前もって用意させたのもあるのだろうが、広々としたキッチンには山のような食材も用意されていた。和洋食のフルコースが作れそうなぐらい種類も豊富で、パッとみたら何に使うのかわからないような香辛料や調味料も揃えられている。

「――――……」

佐藤は再び宇崎を睨んだ。

「大丈夫だ。どんなことになっても、俺がいいと言えば、それでいい。まかり通すから、取り敢えずやれるだけやってみてくれ」

宇崎は必死でフォローしてきた。

「何、失敗したところで、それも愛嬌《あいきょう》だ。お前は若い。相手にはない将来性がある。それで全部まかり通すから、安心していい」

さすがに「ごめん」では済まないと判断したのだろうが、とにかく「どんなものが出て来ても対応するから」と言って、逆に佐藤の主婦魂に火を付けた。

『遠回しに、お前は何も出来ない。それはわかってるからいいって、言われた気がする。ま、俺に女性的資質なんてあるわけないけどさ！』

もちろん、佐藤の生《お》い立ちなど知るはずもない宇崎からすれば、これしか言いようがなかったのだろう。どう見ても二十歳そこそこの学生上がりにしか見えない佐藤が、良妻賢母教育を徹底的に仕込まれているだろう梨都子相手に、まともな勝負ができるとは考えられない。ある意味、これは普通の発想だ。なぜなら、宇崎だってわかっているのだ、佐藤がごく普通の青年であると。

「頼む。デベロッパーの件は了解したから。最後まで付き合ってくれ」

だが、フォローで口にしたとはいえ、それはそれでこれはこれだった。

「そこは気にされなくてけっこうです。これはあくまで俺が心ない言葉をぶつけてしまったお詫《わ》びとしてやってることですから。逆に一緒にされたら落ち込みますからやめてください」

佐藤はここに来て、初めて本気で怒って見せた。

「うちの建材は、宇崎室長が駆け引きなしにほしいと思うだけの商品です。その自信や誇《ほこ》りに関わりますので」

声を荒げることはないにしても、その気迫で宇崎を黙らせる。

「とにかく、出来る限りやりますが。この際ちゃんと相手のことも見てあげてくださいね。梨都子さんって言いましたっけ。本当に素敵な女性じゃないですか。変に意地になって、せっかくのご縁に気付かないなんてことにならないようにしてください。それだけ、お願いします」

そうして佐藤は、着物を汚さないようにするために大きめの白衣を借りると、袖《そで》を上手《うま》く畳んで着物の上から着込んでいった。その後はごく自然に手洗い場へ移動して、誰に言われるまでもなく石鹸《せっけん》で手を洗って調理準備に入っていった。

『いきなりランチを作れって言われてもな…。見たことも食べたこともない食材がいっぱいあるよ。どうしよう…』

宇崎が不安そうに見守る中、佐藤は豊富な食材の前にしばらく悩んでいた。

梨都子はテキパキと肉や野菜を選んでいく。まるでテレビで見たこのあるキッチンバトル番組の優勝候補のようだ。

『まいっか…。普段どおりで。どうせ特別なことなんか出来ないし』

しかし、ここで隣を気にしても仕方がないので、佐藤は普段から扱っている食材を選ぶことにした。

地元の商店街でよくおまけしてもらうような野菜や豆腐、魚や肉だ。

『そういえば匠哉、ちゃんと弁当食ったかな。でかけるって言ってたけど、どこに行ったんだろう。あとでメール確認してみなきゃ』

調味料も見てわかるものにだけ手を付けて、わからないものはいっさい触らなかった。

『よし。こんなもんだろう。どうせ責任とって食べるのは宇崎室長と俺だけだろうし。下手に余ったらもったいないから、三人前程度を大皿盛でいいよな。最悪二人前なら、俺が食べればいいことだし』

そうして家事に育児に仕事をこなす佐藤が作ったランチは、簡単で手軽な豚バラ肉と木綿《もめん》豆腐の炒《いた》め料理や魚の塩焼き、白いご飯に人参《にんじん》と牛蒡《ごぼう》のきんぴら、揚《あ》げとわかめのお味噌汁という、どこにでもありそうな家庭料理だった。

「どうぞ」

とりあえず、温かいうちに。と用意されていたテーブルに並べて、その後は食べる様子

を見ることもなく、持参してきた巾着バッグを取りだした。

「――――？」

いったい何を始めるのかと周りが見ていると、佐藤は借りた白衣のボタンが取れかかっていたのが気になったらしく、その場でソーイングセットを出して、ボタンをつけ直している。

良く見れば使ったシンクもコンロも片付けられていて、当然鍋も何も綺麗に洗われ片づけられている。

『梨都子さんのご飯…。お店に出てくるようなイタリアンだけど…、俺も食べたいなって言ったら変だよな？』

そんなこと思っていた佐藤の後ろでは、すでに梨都子が佐藤のご飯を勝手に完食していた。お代わりまで自分でよそっているのに気付きもしない。

というよりは、まさかこんなところで私生活を晒《さら》す羽目《はめ》になるとは考えていなかったので、それをどう評価されるのか見たくなかったのが事実だろう。なぜなら、早くに両親を亡くした佐藤が姉とともに記憶をたどって求めたものは母の味だ。

そしてそれを今は匠哉に姉の味、母の味として与えているのだから、これを他人にとやかく言われたくないのは真理《しんり》だ。

「ね。柚希ちゃん。あなた、私のお嫁さんにならない」

だが、そんな真理さえ玉砕《ぎょくさい》しそうな言葉をかけて来たのは、なぜか梨都子だった。

「へ」

「もう、なにこの安心感のある食卓。家庭的なオーラ。負けたわ～」

いつどこでそんなジャッジが下されたのかは謎だが、梨都子は宇崎や宇崎社長が何も言っていないのに、勝手に負けを認めて、その上佐藤にプロポーズまでしてきた。

「じつは基本を押さえるタイプだったのね。嘉寿さんって。羨《うらや》ましいわ、あなたみたいな人とお付き合いしてるなんて」

「いや、梨都子くん。そんな！　何を言ってるんだね」

「宇崎のおじさま、往生際《おうじょうぎわ》が悪いわよ。じつはお代わりがほしかったんじゃありません？　大皿料理は食べた者勝ちですから、自分から手を出さなかったら、そこで敗者ですわよ」

言った通り、一人で確実に二人前は口に運んで満足したのか、梨都子は上機嫌だが食べはぐれたらしい宇崎親子は何やら呆然としていた。

特に宇崎など、佐藤の様子を見るのに気を取られていたために、気がついたら配分されていたはずの味噌汁まで奪われていた。

大人げなく「俺の」と言いかけたが、「あなたは、いつでも食べられるんでしょう」ときっぱり言われたら逆らえない。

宇崎はこの段階で、「こいつは無理だ」と判断した。

佐藤に言われて反省し、真面目に人柄を見て結婚できるか否《いな》かを検討したとしても、梨都子が相手では一生食《く》いっぱぐれる。これは予感ではなく、生存本能が下《くだ》した確信だ。

「ようは、私や嘉寿さんのように外でガンガンに働くタイプは、彼女のように中から尽くしてくれるタイプに出会ったら万事休すってことですわ」

そうは言っても、梨都子が作ったイタリアンのランチは本格的だし、使ったシンクやコンロも綺麗に片付いていた。

「嘉寿さんも、よくこれで結婚は考えてないなんて言ったわよね。私なら勝手に婚姻届けだしちゃうわ。逃がしたら大変だもの」

もしかしたら、たとえ佐藤の料理が口に合わなくても、梨都子は今と同じことを言うつもりで、こんなバトルに誘ったのかもしれない。そんなふうに感じさせるほど、梨都子は梨都子で素敵な女性だ。

「失礼なことばかりしてしまって、ごめんなさいね。でも、もし嘉寿さんに結婚を渋られて嫌気がさしたら、いつでも私がいるから思い出してね」

美人で迫力があってやけに男前だが、佐藤に「なんて気風《きっぷ》のいい人なんだろう」と、心から感動させるような人柄の持ち主だ。

「誰が渡すか」

感動のあまりに梨都子ばかりを見つめすぎたのがいけなかったのだろうか？

それとも梨都子が遠慮なく佐藤を撫でまわしたからだろうか？

宇崎はまるで、「こいつは俺のものだ」と示すように、背後から佐藤を抱きしめて梨都子から引き離した。

「あの…」

「とりあえず、上出来ってことだ。いや、むしろ出来すぎだ」

突然の抱擁《ほうよう》に困惑する佐藤の耳元で、宇崎が囁く。

「宇崎室長」

鼓動が早まり、落ちつかない。ホテルに着いた時に覚えた違和感ともまた違う。

「しっ。まだ終わってないぞ。話はあとだ」

佐藤は、いっときとはいえ頑丈な腕の中に収められた自分が、まるで嫌悪していない事実に動揺した。

『俺、男なのに――』

梨都子に撫でまわされても嫌悪がないのは、こうなると当然だ。

しかし宇崎はというと、佐藤は高鳴るばかりの鼓動をどうしていいのかわからなくなった。

『あ、そうか。俺、スキンシップに飢えてるんだ。甘やかすほうじゃなくて、きっと甘えるほうに…』

だからこんな仮説を立ててみた。

梨都子は死んだ姉を思わせる。そして宇崎は死んだ義兄を思わせる？

五年もの間、佐藤は一人で頑張って来た。だからきっと、甘える先を求めて、実際甘えてしまったのかもしれないなと――――。

結局、切り札のつもりで同伴してきたはずの梨都子に丸めこまれて、宇崎社長はこの縁談を諦めざるを得なくなった。

「じゃ、俺は送っていくから」

「柚希ちゃん。今度一緒にお茶しましょうね」

「うむ。私ともな」

逆に今度は、「いつ二人は結婚するんだ」「柚希さんのご両親は賛成なのか？」と迫られたらどうするんだという心配が出てきそうなほど、佐藤はその人柄と手料理が気に入られてしまった。が、それでも一応は上手くいった。

「は、はい」

宇崎からの突飛《とっぴ》な依頼も果たせて、あとは休み明けの仕事に集中すればいい。

まずはお試しでもらった商品の納品をきちんと済ませ、次のステップへの結果を待てばいいだけだった。

「あ、パパ！」

「た、匠哉？」

ここで、このホテルのロビーで匠哉にばったり出会わなければ。

「パパ？」

公衆の面前で、女装姿だと言うのに、「パパ」とさえ呼ばれなければ――――。

3

ひょんなところでかち合った匠哉《たくや》を連れて自宅に戻ると、佐藤《さとう》は力尽きて倒れた。

「パパ、パパ、大丈夫？　仙道《せんどう》のお兄ちゃんが来てくれたよ」

「佐藤、生きてるか？　おーい」

匠哉から知らせを受けて仙道が駆けつけた。

着物姿の佐藤に目を見開きながらも、何も聞かずに匠哉と二人がかりでパジャマに着替えさせてくれたのは、ひとえに彼の人柄の表れだ。

そして、会社で女装コンテストじゃなかったんだ、とは決して口にしなかった匠哉も、佐藤にとってはやはり出来過ぎた甥っ子だ。

とはいえ、限られた情報しか持たない仙道と匠哉が、互いに聞きたいことがありそうなのは気配でわかった。幾度となく目配せをしては、「これはいったいどういうことだ⁉」

「何が起こったんだ⁉」と問うが、今はこの謎を解明している場合ではない。

『だめだ。もう。だめだ…っ。先輩、糠《ぬか》よろこびさせて…ごめんなさいっ』

佐藤は熱まで出して、床で唸《うな》り始めていた。

熱に犯《おか》された脳裏には、最悪としか言いようがない展開がぐるぐると回る。

〝どういうことなんだ、これは〟

〝あ、いや、それは〟

ホテルのロビーで宇崎社長は声を震わせ、宇崎は自分だって今知った事実に困惑を隠せずにいた。

〝パパ、パパってことは男性なの。ってことは、私のほうが正当に柚希《ゆずき》ちゃんをお婿《むこ》に出来る、結婚できるってこと!?〟

〝いや、それはそのっ〟

至《いた》ってマイペースなのは梨都子《りつこ》だけで、佐藤はどこまでが本気で、どこまでが冗談なのかわからない彼女に迫られ、頭が真っ白になった。

〝そんなわけないだろう！　柚希は俺のものだ〟

そうでなくとも周囲には行き交う人々が絶えず、目の前には匠哉もいる。

〝いい加減にしろ‼　こんな茶番を仕組みおって。お前という奴は〟

〝茶番は失礼だろう。さすがに彼だと説明したら驚くかと思ったから彼女ってことにしただけで…〟

〝なんだと。なら、お前は本気で彼と付き合っているというのか!! 男で、しかも子持ちの彼と！〟

〝そうです。すべて承知の上です〟

できればそんな話は子供の前でしてほしくない。

しかも、どんどんあり得ない展開になっていく。

〝なっ…なんだとっっっ〟

その場で倒れてもおかしくなかった佐藤がかろうじて持ちこたえたのは、先に顔色を変えた宇崎社長が膝を折ったからだった。

〝あ、おじさまっ　大変、救急車。誰か救急車！〟

〝すまない。とりあえず、こっちをどうにかしてくるから、お前は子供を…〟

〝はい。すみません〟

匠哉の存在を忘れていなかった宇崎のおかげで、解放されたからだった。

『このままだと、取り返しがつかないことになる。いや、もう終わってるか。さすがに、幾《いく》ら売り言葉に買い言葉でも、あんな嘘を突き通せるはずがないし。俺が美澤《みさわ》建材の人間だってバレたら、社長命令で永久に切られるかもしれないし』

それでも佐藤は自宅まで戻ると、一気に緊張が解けて倒れた。

いっそ意識不明にでもなれればよかったかもしれないが、頭の中では公私の問題が入り乱れてそうもいかない。

「うーんっっっ」

「大丈夫か、佐藤」

こればかりは仙道にも言えなかった。こんな馬鹿《ばか》な理由で、ようやく取れた仕事がなくなるかもしれないなど、説明のしようもない。

「パパ…。ごめんね。僕があそこで声をかけたから…」

「ううん。お前のせいじゃないよ。だって、お前はちゃんとメールをくれてただろう。パパが見てなかっただけで、今日は隣の美代《みよ》ちゃんのママがケーキバイキングに連れて行ってくれることになったって。美代ちゃんの勉強を見てあげたお礼に連れて行ってくれるんだ…って。お義兄《にい》さんが好きだった赤坂プレジデントのレストランに——」

ましてや、何も知らなかった子供に罪はない。

「なのに…。なのに、こんなことになって…。美代ちゃんやママに、変なカッコしてるところまでみられて」

「それは大丈夫だよ。美代ちゃんたちは、パパは会社の女装大会だったって知ってるもん。美代ちゃんのママなんか、あそこでパパをみつけて大はしゃぎだったし。可愛い、可愛いって、連発してたから」

罪があるとしたら、そもそもこんな馬鹿げた嘘をついたことだ。

人を騙《だま》すのは悪いことだとわかっていながら、宇崎の計画を止めることが出来ず、その上こんなカッコまでして嘘の片棒を担いだことだ。

『それも嬉しくない…。この先顔を合わせたら、なんて言えばいいんだ⁉』

それみたことか、ちゃんと罰は当たることになっている。

宇崎は父親に倒れられ、佐藤は仕事がぽしゃった揚句《あげく》に、お隣の奥さんと娘にまで女装姿を見られてしまった。

痛い――――これは痛いとしか言いようがなく、佐藤は敷かれた布団《ふとん》に横たわるも、徐々に布団の中に潜《もぐ》っていった。

許されるなら二度とここから出たくない。それがだめなら、部屋から一歩も出たくないほど、会社からも世間からも身を隠したかった。

しかし、

「出前でも頼んだのか？」

玄関からインターホンの音が聞こえて、仙道は匠哉に訪ねた。

「ううん。出てみる。もしかしたら、隣のおばちゃんかもしれない」

佐藤も匠哉同様、これは十中八九、ホテルのロビーで挨拶一つ出来なかった隣の美代ちゃんの母親だろうと思って、布団から出る覚悟をした。

どんなに熱が出ようが、自分に不都合だろうが、子供が世話になったお礼だけは言わなければならない。特に気さくで面倒見の良いお隣さん相手ならなおのこと。

そうでなくとも娘の勉強を見てほしいと言うのは事実半分、口実半分なのは佐藤も気付いている。お隣さんは、佐藤の帰りを一人で待つ匠哉を気遣い、あえてそんな理由をつけて家に招いてくれているのだ。

「起きて大丈夫か、佐藤」

「はい。ありがとうございます」

体が自然と前後左右に揺れる佐藤を、仙道が支えた。が、無理に体を起こした佐藤の元へ戻ってくると、匠哉は受け取った手土産《みやげ》を見せながら、いささか苦笑交じりに報告した。

「パパ…。さっき一緒にいたおじちゃんが来たよ」

匠哉の後ろには、明らかに「おじちゃん」と言われて傷ついているだろう宇崎が立っていた。

「よお。今日はすまなかったな」

「宇崎さん！」

「親父のほうはピンピンしてるから、それも報告に来たんだ。というか、完全にお前のほうが大変そうだけどな」

宇崎の登場に誰が一番驚いたかと言えば、仙道に他ならない。

何をどうしたら宇崎建設の御曹司がこんなところに!?　と、ただただ呆然だ。

「お兄ちゃん、ちょっと」

しかし、そんな仙道は変に気の利きすぎる匠哉に呼ばれて、佐藤の傍から離れて寝室を出た。

襖《ふすま》一枚を隔《へだ》てた茶の間に腰を落ちつけ、そこから先は自然と佐藤たちが話始めるのを待った。

このきっかいな出来事の真相《しんそう》が知りたいのは、仙道も匠哉も同じだ。ここは一致団結して、二人は事情聴取に回ったのだった。


何から話していいのかわからないのは佐藤も宇崎も同じだった。

こんなことになるとは、誰も想像していなかった。こうなると宇崎社長や梨都子の登場よりも匠哉の登場のほうが、度肝《どぎも》を抜かれたことだろう。

何せ、良妻賢母バトルに勝利したはずの乙女《おとめ》が、突然「パパ」と呼ばれたのだ。

これに勝てる衝撃があるとしたら、宇崎に隠し妻がいるか、じつは女だったぐらいのインパクトがいるだろう。それほど匠哉が笑顔で発した「パパ」は強烈だった。

だが、これに関して宇崎から詮索《せんさく》をしてくることはないだろうという気がして、佐藤は自分から説明しようと決めた。

別に個人的な家族構成だけに、明かす義務はない。それでもすべてを一瞬にしてぶち壊してしまった事実に、佐藤は申し訳なさでいっぱいだったのだ。

「匠哉は亡くなった姉夫婦の忘れ形見《がたみ》なんです。俺が引き取ってから五年になります」

この話をすると、大概《たいがい》の者が同情をする。

そういう反応しか見たことがないだけに、佐藤は気が重かった。

「五年？　お前、今いくつだ。実は三十近いとか、三十すぎだったのか？」

しかし宇崎は、全く別のところに反応してきた。

誰もが向ける同情や哀《あわ》れみといった感情は微塵《みじん》も示さず、自分の中に浮かんだであろう疑問だけをストレートにぶつけてきた。

「いえ、二十二です。でも、俺の姉は十六のときに学校をやめて、俺を育てるために働き始めましたから。死んだ両親の代わりに…。なので、それに比べたら…」

こんな説明をさせられるとは予想していなかっただけに、佐藤は拍子抜けだった。が、なぜか変だとも感じなかった。ここで「そうだったのか」と肩を落として同情的な眼を向けられるよりも、このほうが宇崎らしい反応な気がしたのだ。

彼に悲壮感は不似合いで、また無縁な気がしたから。

「そうだったのか。どうりで家事も万能な訳だな。それに、見た目よりしっかりしてるはずだ。ようは、親のすねをかじって、好き勝手に生きてきた俺よりも、よっぽど大人だったってことだろうな」

宇崎はその後も感心することはあっても、同情的な素振りは全く見せなかった。

この五年の月日がどうだったなどという勝手な想像もせず、単純に頑張り続けて来ただろう佐藤に敬意を示して、笑みを浮かべた。

「そんなことは。宇崎さんは…。いえ、宇崎室長はとても素晴らしい方です。才能にあふれた、尊敬するべく建築家です」

その笑顔に引き出されたかのように、佐藤は膝の上にかかっていた布団を握りしめ力強く言い放った。

「俺があと十年したら、匠哉と一緒に大学に行こう。ちゃんと基礎から建築を学ぼうって思ったのも、じつは宇崎室長の作られた〝ラビットハウス〟を知ったからです」

どうしてだろうか、心の中に留めておくことができなかった。

「俺が今の会社に入って、宇崎建設に行ってみようって思ったのも、〝ラビットハウス〟や宇崎室長のことを知ったからで…。こんなことというと嫌がられるかもしれませんが、建築に携《たずさ》わる者として尊敬します。とても憧れています。いつか自分が家を建てるなら〝ラビットハウス〟って決めてます」

誰に言うつもりもなかった。自分だけが納得していればよいことだったのに、それを宇崎本人に明かしてしまうなんて――。

「俺は火事で…。両親と生まれ育った家を同時に失くしたので、家族や家に対する執着《しゅうちゃく》が強いんだと思いますが…。それでも匠哉には一生安心して暮らせる家を建ててやりたいんです。姉夫婦が出来なかったことを、両親が果《は》たせなかっただろうことを俺がって」

佐藤は懸命に話していたが、それを受け止める宇崎のほうは、しばらく口を噤《つぐ》んでいた。

「――」

何から答えようか戸惑っているのだろうが、かなり照れ臭そうだ。少しばかり視線が泳いでいる。

「あ、すみませんでした。こんな話」

だが、会話に間が空《あ》いたことで、佐藤はまた後悔した。

一方的に気持ちをぶつけてしまったことに、自分を責めた。

どうして宇崎が相手だと、こうも悔いることが多いのか。見る間に佐藤の顔からは、覇《は》気《き》が無くなっていく。熱で赤らんだ頬さえ青ざめたものになっている。

「いや、聞かせてもらってよかったよ。恋人として、何も知らなかったじゃ通らないからな」

そんな佐藤の様子に焦《あせ》ったのか、それにしては宇崎の口調が妙に軽い。

「はい？」

「いや、親父があまりに茶番だ茶番だ、こうなったらすぐにでも九条家に婿に行けってうるさいんで、改めて宣言してきたんだ。今日のことがあって、かえって腹が決まった。俺は柚希と結婚するから、親父の言いなりにはなれないって」

「う、宇崎室長⁉」

何か笑って済ませようという気配も窺《うかが》え、佐藤は一変して声を裏返らせた。

すると、宇崎はなぜか胸を張って見せてきた。

「そうでも言わなきゃ、本当に明日にでも結納《ゆいのう》だって言い出しそうな勢いだったんだから、仕方ないだろう。それに、今日会ってみて、改めてわかった。九条梨都子とはいい友人、いい仕事仲間にはなれるが、それ以外は無理だ。むしろ異性でありながら友情が成り立つ貴重な存在だ。そういう付き合いなら歓迎だが、一緒にいて安らげるかって言われたら、疲れるだけだ。ようは似たもの同士で、落ち着けないってことだな。それは向こうも言っていた」

これを理路整然と解釈していいのかは疑問だが、宇崎はさも当然の成り行きだと言わんばかりに豪語する。

「だから、九条の方は問題ない。問題なのはうちの親父だけだ。とにかく、意地になっているとしか思えないぐらい、俺に結婚結婚って言い始めた。別にうちには兄貴が二人もいて、すでに結婚もしていて孫もいるっていうのに、俺にまでどうこうと――」

これは先日のやり取りに似ていると、佐藤は感じた。

このままでは、ますます訳のわからないことに巻き込まれていく。

女装で恋人役もどうかと思うが、下手をしたら素《す》の自分で恋人役を続行させられかねない。

「でも、それは親として普通のことだと…。息子に男の恋人がいるなんて聞いたら、余計にムキになっても当たり前というか、なんというか。俺だってきっと…」

こうなったら一般常識で立ち向かうしかない。佐藤は、唯一《ゆいいつ》宇崎にはないだろう〝親としての経験や立場〟を主張することで、迫りくる危機を回避しようと試みた。

このさい宇崎がホモの濡れ衣《ぎぬ》を着てもいいと言うなら、恋人役は道場でもいいはずだ。忠義の秘書なら二つ返事で引き受けてくれるはず！

しかし、

「だからって、愛のない結婚をして子供三人を置き逃げされたのに、まだわかってないんだぞ」

「え」

「俺の親父は会社のために結婚した。男は仕事だけしてれば、いいんだろうってタカをくくって、結果的にはお袋に逃げられた。俺が三歳ぐらいのときだな。ある日突然、家からお袋がいなくなっていた」

佐藤は、よもやこう来るかという、これはこれで理《り》に適《かな》った話で返され息を飲んだ。

「お袋は、愛のない結婚で三人も子供を産まされて、なおかつ家政婦同然の扱いに耐えきれなくなったんだろう。どんなに子供が可愛いって言ったって、ふと自分の人生はなんなんだって思うことぐらいあるだろう。だから、俺も兄貴たちもお袋のことは恨《うら》んだことはない」

もちろん、だから〝恋人役が佐藤でいいじゃないか〟という理由にはならない。

誰が聞いても宇崎の身の上話と結婚感は通じるものがあるが、そこから恋人役の話が佐藤に飛躍するのは勝手な都合だ。

　佐藤の預かり知らぬ話だ。

「寂しい思いはしたが、俺たち以上にもっとお袋は寂しかったんだろうから、再婚したことを知った時には、こっそり兄弟三人で祝杯したぐらいだ。好きな相手に一番いい顔でいてほしいのは、大人も子供もないからな」

「っ…」

　それなのに、幼いころに生き別れただろう母を思って微笑を浮かべた宇崎の顔が何ともいえず切ないものだから、佐藤の気持ちも揺れ惑う。

「――――ってことで、俺は何があっても親父の言いなりになって結婚する気はない。そんなものは不幸な人間を増やすだけだ」

「でも、きっかけはともかく、お父さんが宇崎さんにとっての運命の人を連れてくるかもしれないし…。その、梨都子さんでなくても」

　どうにか意見を変えずに済んでいたのは、むしろ宇崎には幸せになってほしいから。

　こんな生い立ちがあるならなおのこと、今からでも真剣に相手を見つけて、幼いころに憧れたかもしれない家庭を今度は自分の手で作ってほしかったからに他ならない。

「自分の運命を他人任せにしてどうする。俺は自分の運命は自分で切り開く。どう考えたって、会社の利益を基準にして選んでくる相手にときめくほど、俺は初心《うぶ》じゃない」

たとえどんな経緯《けいい》であったにしても、佐藤は大半の女性なら宇崎に夢中になるだろうと確信していた。

梨都子がたまたま宇崎と思考や性格を同じくするタイプだっただけで、世の中に彼女のようなタイプが大半だとは考えずらい。きっと多くの女性が宇崎に焦《こ》がれて、自分こそが彼を支えたい、彼に幸せな家庭を与えたいと思うはずだ。

「けど、だからって俺はまずいですよ。いくらサクラでも、やっぱり恋人役は女性でないと」

だからこそ、佐藤は宇崎の将来を思って、変な噂が立つ前にと説得にかかった。

今なら見合いをぶち壊したかった、親に決められた勝手な縁談を壊したかったで、女装の恋人を連れて来たのも必死さの現われで済むだろう。

場合によっては、意外にお茶目で可愛いところがあるものだと親近感さえ覚える人間が増すかもしれない。

どんなに馬鹿げたことでも、宇崎がやるぶんには、本当の馬鹿には見えない。

かえって付け入る隙ができて嬉しいと感じる人間は多いだろう。佐藤もなんだかんだと言って、その一人だ。

「俺の恋人が男だったら、俺の値打ちが下がるのか」

しかし、そんな佐藤の気も知らず、宇崎は憤慨した。

「俺の仕事の成果や評価が下がるのか。俺はそんな安っぽい男じゃないし、安っぽい仕事をしてきた覚えもないんだが」

それとこれを一緒にされてもと言いたいところだが、こうなったら彼が引かないのは佐藤も学習済みだ。

どんなに仕事で協調性を発揮するにしても、一個人に戻った時の宇崎は傍若無人でワンマンだ。少なくともこの話が出てからの宇崎は佐藤にとって、自宅にいる八才児より手間のかかるわがまま男だ。

「とにかく、俺はお前が男で子持ちなのも承知の上で付き合っている。結婚も考え始めたと宣言した。後には引けない。こうなったらとことん付き合ってもらうしかないんだよ」

そんな宣言されたら、自分にだって後々まで変なレッテルが貼られるじゃないかと、佐藤は唇を尖《とが》らせたいのをグッと堪《こら》えた。

「親父が信じてくれるまででいい。とにかく茶番だ、やらせだ、嘘だと息巻いてるんで、ここをどうにかしたいんだ」

「でも…、嘘は嘘だし」

自分が宇崎の父親なら、絶対に信じないし、信じたところで認めない。

こんな本人の評価とは関係ない。親の心子知らずとはよく言ったものだ。

佐藤は、今なら宇崎社長の気持ちがわかると思った。

そもそも宇崎がこんな調子だから、どうにかして良家のお嬢さんでも嫁にもらって、落ちつかせようと考えたのだろう。

社会人としては文句なしの一人前かもしれないが、宇崎は男兄弟三人で生まれ育った末っ子気質丸出しだ。時には十才も年下の、しかも他社の営業マン相手だというのに、こんな我がままを炸裂《さくれつ》させるのだから困ったものだ。

「嘘も突き通せば嘘じゃなくなる。それに、本当になるかもしれないじゃないか」

それなのに、とってつけたような台詞に、ドキリとさせられる我が身が呪《のろ》わしい。

「じょ、冗談言わないでくださいよ」

宇崎の瞳に映る自分が、どうして怒るより恥ずかしがっているのかがわからない。

「――とにかく。悪いようにはしない。なんならバイト代を…。と言いたいところだが、お前はそういうのは嫌がるタイプだろうから、付き合ってもらう時間内は俺がお前に建築の基礎ぐらいは教えてやる」

「え。それ、本当ですか!?」

その上、こんなわざとらしい餌《えさ》を放り込まれた途端に、入れ食《ぐ》いで釣られる自分がただただ情《なさ》けない。

結局家族構成は違えど、佐藤は佐藤で末っ子なのだ。

甘やかされるとついつい流されていくところは最近封印されていただけで、根っ子のほうにはしっかりと残っている〝お姉ちゃん子〟なのだ。

「金のがよければ、それでもいいが」

「いいえ、教えてください。宇崎さんから直々《じきじき》に教われることがあるなら、どんなことでも習いたいです」

佐藤が培《つちか》ってきたはずの一般常識は、ここで遭《あ》えなく撃沈《げきちん》した。

「なら、決まりだな」

改めて「よろしく」と言われたところで、佐藤は完全に宇崎の恋人役になった。

いったいいつまでそれが続くのか、そこは宇崎にも佐藤にもわからない。

だが、こうとなったら俄然《がぜん》張り切り、既成事実作りに力を入れるのが宇崎という男だった。

「とりあえず、具合が良くなったらデートでもしような。もちろん、勉強込みだけど」

佐藤を釣るためのコツを掴むのも早かった。ここでも佐藤は「いいえ」と言えずに頷くことになる。

『思わず〝はい〟って言っちゃった…。いいのかな？　勉強デートって』

どう考えたって、いいわけないだろうと頭を抱《かか》えていたのは、隣の部屋で一部始終を聞いていた匠哉と仙道だ。

「はぁ…」

「で、あのおじちゃんはどこの誰？」

溜息をつくしかなかった仙道に、匠哉が軽く問いかける。

「宇崎建設っていう大きな会社の社長の三男坊。今季から、我が社の大お得意様だよ」

両手を組んだ姿勢で「そう」と漏らした匠哉からは、すでにあどけない八才児の顔はすっかり消えていた。

＊　＊　＊

こんなことに〝善は急げ〟もないが、佐藤が宇崎と勉強付きデートに行くことになったのはゴールデンウイークも終盤に差し掛かった祝日のことだった。

『よくよく考えたら、俺…デートしたことないのに。初めてのデートがこれでいいんだろうか?』

この日、匠哉はクラスメイトのお誕生会に呼ばれていて一日予定が入っていた。朝から夜まで食べて、飲んで、遊んでという完ぺきなスケジュールが組まれており、昼はバーベキュー大会も行われるらしい。

これは以前からわかっていたので、佐藤は手土産をたくさん持たせて見送った。

匠哉は、自分の予定に合わせて宇崎と出かけることになった佐藤のことが気になって仕方がないという顔をしていたが、それでも「いざとなったらGPS《ジーピーエス》機能もついてるし、まあいいか」と独り言をつぶやきながら、ため息交じりに出て行った。

匠哉の思惑は匠哉にしかわからない。佐藤が最後にかけた言葉は、「調子に乗って食べ過ぎるなよ」という、勝手違いなものだ。

『いくら偽装とはいえ、こんなことなら彼女の一人ぐらい作ってみればよかったかな。両親が死んでからずっと家事に追われてて、そんな余裕がなかったとはいえ…。初めてのデートがナビシートって、やっぱり何か違う気がするんだけど』

そうして佐藤は、これなら夕方までに戻れば安心と、鞄《かばん》に筆記用具を詰め込み、迎えに来た宇崎の車に乗った。

前回とは違って「ラフな格好でいい」と言われていたので、ジーンズにTシャツにパーカーにジャケットと、本当にカジュアルな装いで待っていた。

が、いざ迎えに来られると、やはり「この格好でメルセデスのナビシートに座っていいんだろうか」と頬が引き攣った。

宇崎もジーンズにシャツにジャケットという大差ない格好ではあるが、やはり貫禄が違う。どんな姿をしていても宇崎は余裕のある大人の男だ。レイバンのサングラスが嫌味もなく似合う、少し強面だがスクリーン映《ば》えしそうな二枚目だ。

「俺の船だ。さ――――」

そんな男が初めてのデートに選んだ場所は、東京からドライブがてら流して着いた湘南《しょうなん》海岸のマリーナ。

『本当に、これでいいんだろうか!?』

佐藤の前には宇崎の持ち船だという、全長二十フィート程度のクルーザーがあった。

真っ白なボディに紺碧《こんぺき》のラインの入った船は、その存在だけで地中海やコート・ダジュールを思わせる。

案内されて船内へ乗り込むと、中は三メートル四方の限られた空間でありながら、随所に凝《こ》った内装が施《ほどこ》されていた。船内というよりは、洒落《しゃれ》たリビングだ。

自然と佐藤の気分も高揚《こうよう》してくる。

その上船を動かす操縦者がジャケットを脱いだ宇崎本人とあっては、高揚が興奮に変わるのもあっという間だ。

『すごいな…、宇崎さん。なんでもできるんだな』

陸の上では決して見られない宇崎の姿は、デートという単語だけで舞い上がっていた佐藤を現実離れした別世界へと誘っていく。

「すごい…。見渡す限り海と空。潮《しお》の香りなんて、何年ぶりだろう」

空はまさに五月《さつき》晴れ。

普段は視界の七割を高層ビルや民家で奪われている佐藤にとって、目の前に広がる水平線は、それだけでおとぎの国のようだ。決して南国の海のような蒼《あお》さはないにしても、濃《のう》紺《こん》の海に爽《さわ》やかな淡いブルーの空、そして潮の香りは、佐藤に平穏だったころの家庭や家族たちさえ思い起こさせるものだ。

『そういえば、匠哉と二人きりになってからは、海水浴さえ行ってなかったな』

ふとすれば、佐藤は同伴者の存在さえ忘れて、思い出の中に浸っていた。

今がデート中だということさえ、意識から飛んでいるようだ。

だが、宇崎はそれに気付きながらも、声をかけることはしなかった。

どんなに誘ってみても、佐藤はこれまで飲みの誘いには一切応じなかった。

今時の青年らしく公私で割り切り、余計なことに私用時間は割《さ》かないのかと思っていたが、匠哉の存在を知ったために、宇崎はその訳を理解したのだろう。

佐藤の「時間がない」「忙しい」は、自分のそれとは違うのだ。

何がどう違うと聞かれても、想像でしか量《はか》れない。それほど佐藤には普段から私用時間がないような気がした。こうして物思いに耽《ふけ》る暇さえ取れていない。

だから宇崎はしばらくの間、佐藤を放っておくことを選択したのだ。

何も気にせず、ぼんやりと海を見つめる時間を堪能《たんのう》させることが、今できる最高のもてなしと考えて――――。

『あ、俺…。宇崎さんは？』

「そろそろ昼食にするか」

ただ、それでも佐藤があまりの静けさにハッとすると、宇崎はタイミングよく声をかけて来た。甲板《かんぱん》には小型のバーベキューコンロに鉄板が乗せて用意されており、あとは具材を焼き始めるのを待つばかりになっている。

「わ。船上でバーベキューなんて、すごい」

佐藤はけっこうな時間、宇崎を無視してしまったことに気付いて胸が痛んだ。

「肉だけじゃなくて、伊勢海老《えび》やアワビまである」

宇崎のそこはかとない気遣いや優しさを感じて、あえて「すみません」とは言わなかったが、その分笑顔で感謝を示した。少し日に焼けた頬が熱い。

「匠哉も今頃食べてるのかな…」

宇崎によって、油がひかれた鉄板上に並べられていく極上の牛肉やアワビ、伊勢海老を見つめながら、それでも匠哉のことを思ってしまうのは習慣だ。

「何か言ったか？」

「いえ。何もかもがすごいなって。さすがは宇崎室長。スケールが違うなって」

咄嗟《とっさ》に繕《つくろ》った。きっと佐藤に出来ることは、宇崎の演出に酔いしれ、素直に感動を表すことだ。デートのデの字さえ経験のない佐藤には、それぐらいしかできないし、また思いつかない。

「室長？」

「あ、いえ…。宇崎さん」

「どうも堅苦しいんだよな。名前で呼んでもらう方が、それらしくていいんだが。いっそ嘉寿《よしひさ》って呼べないか？」

「あ、はい。嘉寿…さん」

それでもデートらしき会話になってくると、どうも照れくささが先行した。

「――――や、なんか無理です。やっぱり宇崎さんと呼ぶのが限界です」

「そっか。まあいいけど」

佐藤の気恥かしさも無視して、宇崎は向かい側から隣に席を移してくる。腕に腕が着くほど傍《そば》へ寄って来た。

「あ、あの」

さり気なく肩を抱かれて、逃げ場のない事実に初めて気づく。

「どこから監視されてるか、わからないからな」

「でも、ここは海の上ですけど」

佐藤が口にしたように、ここは海の上だ。すでにクルーザーは沖へ出ていて、四方《しほう》を海に囲まれている。

「甘いな。うちの親父をなめるなよ。潜水夫を雇って監視してるかもしれない。俺の嘘を見抜こうと躍起《やつき》になってさ」

そんな馬鹿なとは思っても、可能性がゼロと言いきれない。佐藤はあたりを見回した。魚が跳ねてもビクリと肩を震わせ、その素直さは宇崎を心底から微笑ませた。

「――――…ふっ。可愛いな、お前。やっぱり本気で口説《くど》きたくなってきた」

不意に宇崎が、耳元で漏らした。

潮風の悪戯《いたずら》だろうか？

戸惑う佐藤に、あれが聞き間違いでないことを教えたのは、宇崎が肩を抱く腕に力を入れたから。

「え？　あ、の」

赤らんだ顔を背《そむ》けるだけで、佐藤は何もできない。

頬どころか、抱かれた肩が熱い。鼓動が高まり、今にも破裂してしまいそうだ。

『いいわけないのに…』

先日からたびたび起こる覚えのない不安。知れば知るほど宇崎は佐藤に喜びと同じぐらいの不安や戸惑い、時には恐怖にも似た怯《おび》えを与える。

「焦《こ》げますっ。せっかくの食材が焦げたらもったいないので食べましょう」

どうしていいのかわからず、佐藤は目の前で焼かれる具材に目をやった。

「おっと。そうだな」

宇崎は特に嫌な顔もしなかった。

自然に肩から手を話すと、焼き上がったばかりの肉やアワビをカットし、香辛料が利いた醤油《しょうゆ》ベースのソースをかけて小皿にきちんと取り分けてくれる。

が、なぜか盛られた皿が一つ分しかない。

「なら、定番って事で」

宇崎は皿に盛った肉を箸《はし》で抓《つま》むと、佐藤の口元まで運んできた。

「えええっ」

「ほら、あーんと口を開けてみろ。せめてこれぐらいイチャイチャしておかないと、監視されてたらまずいだろう」

そんな理由はありなんだろうか？

佐藤は肩を抱かれたよりも恥ずかしくなって、でも断る術《すべ》がなくて、小さく口を開けてみた。

「あ、あーん」

もしかしたら宇崎は自分をいじめてるのだろうか？

真っ赤になって困っているのに、佐藤を見ながらご満悦《まんえつ》だ。

『こ、こんなこと匠哉にしたことはあっても、されたことないのに。ってか、監視されてるって、絶対に嘘だ。それを理由に、俺をからかってるだけだ』

その後も佐藤は成《な》すがまま、宇崎に肉やアワビを口の中に放りこまれた。

だけならまだしも、「俺にも」と催促《さいそく》されて、佐藤はこっちのほうがまだましかもしれないと感じながらも、同じように焼き上がった肉や海老を宇崎の口元まで箸で運《はこ》んだ。

『でも、宇崎さんって、じつは子供っぽいことが好きなんだな。すごく嬉しそう』

遊びだと思えば、なんてことはない。わかっているのに手が震えた。

同じことをするのでも、やはり育児とは違う。宇崎は何をしても佐藤に目新しさや覚えのない感動を起させる。緊張と高揚が一緒に来るのは宇崎が仕事相手だからだろうか？

それとも恋人役という、かつてない大役のためだろうか？

『なんか、やんちゃな大人って感じ――』

二人はのんびりと、そして甘い昼食を取り終えると、その後も青い海と空を堪能した。

『不思議。すごく安らぐ』

仕事から離れているせいか、宇崎も普段以上にリラックスしているようだ。

「柚希…」

肩と腕が触れ合うような距離に慣れたころ、宇崎は再び肩を抱いてきた。

『どうしてだろう。宇崎さんといると甘えたくなる。始めはあんなに緊張したのに、今は何か違う』

佐藤の中に、また新たな感動が起こってくる。

『いったい、何が違うんだろう？』

包み込むような大きな手が、柔らかな髪を撫でつけて来た。

子供のように安心しきった顔を見せる佐藤に、宇崎はどこか躊躇《ためら》いがちに顔を近づけて来た。

『宇崎さん…』

宇崎の視線が唇に向けられた。それに気付くまで、佐藤は〝キス〟さえ意識していなかった。自分に縁のあるものとして認識したこともなく、これは匠哉にだけしてやるスキンシップで家族愛の象徴だ。

『…っ、まさか』

そんなキスを初めて意識した。が、その瞬間。近くを通った漁船が霧笛《むてき》を鳴らしたものだから、佐藤は驚きまた周囲を見渡した。

『み、見られてるかもしれないって、冗談じゃなかったのかもしれない？』

おろおろとする佐藤を見ながら、宇崎が軽く舌打ちをする。

『あ、そうか。だからわざとあんなことまで…して。恋人のふりして…』

どう見ても宇崎社長とは無関係だろう漁船にまで翻弄《ほんろう》されて、佐藤は一人で一喜《いっき》一憂《いちゆう》している。

「宇崎さん、食べたら建築の勉強のほう、お願いしてもいいですか」

さすがにこの先もこれでは落ちつけない。佐藤は、いったん気持ちを仕切り直すことにした。

「ああ。なら、マリーナへ戻ろう。ここじゃ船酔いしかねない」

「はい」

宇崎も同じことを思ったのか、その場から立つと、操縦席へと向かった。

昼前から三時間程度海上にいたクルーザーをマリーナへ戻すと、そこからは再び車に乗り直して、少しばかり湾岸沿いを南下した。


佐藤が勉強場所として連れていかれたのは、湘南の海が望めるちょっとした別荘地の中の一棟《ひとむね》だった。

そこは一区画が、丸ごとコート・ダジュールをイメージしたような仕様でまとめられていた。白壁が眩《まぶ》しい別荘がいくつか並んで建っており、随所に植えられた蘇鉄《そてつ》や南国の花々が、まるで南フランスにでも訪れたような錯覚を生む。

「ここは、いったい」

そう聞きながら、佐藤は先ほどのクルーザーのことを思い出した。

「この一区画は、俺がはじめて設計したものなんだ」

「え!?　そうなんですか」

驚いたが、違和感はなかった。

同じ作り手によってデザインされたものだと知れば、逆にしっくりくる。だが、それでも不思議さと新鮮さは残った。

なぜなら〝ラビットハウス〟に見られるように、宇崎の代表作は日本家屋だ。それも日本の風土《ふうど》を意識し、昔ながらの建築技法を重視した典型的な木造住宅だ。

それなのに、初めて手掛けた住宅が白亜の洋館。それも〝和〟的な要素が一切ない、コートト・ダジュールムード一色の別荘地だ。

そして連れてこられた一棟は、初仕事の記念に自分が買い取ったものだというが、そんな屋敷の中を案内されて、佐藤はかなり気持ちが引き締まった。

いったいここで何を学ぶのか、持参したノートや筆記具はどんなタイミングで出すべきなのか、全身全霊で窺《うかが》っている。

「建築デザインを勉強するのに、イタリアやフランス、ドイツに留学してたころがあったんだ。そのころは全く日本家屋には興味がなくて、いずれは向こうで働きたい。名を上げたいと思って、ゴシックだのルネサンスだのにかぶれた」

屋敷に入ると、宇崎はまず、佐藤をエントランスから続くリビングに案内した。

「だから、ここに十棟ほど造ることになって、俺が好きにしていいってことになったとき、喜び勇《いさ》んで湘南をコート・ダジュールのように演出してみようと思った。この土地なら問題なく受け入れられるだろうし、実際評判も良くて、結論だけを言うなら広告を打って即座に完売だった。物が立つ前に売り切れだった」

広々としたリビングにはダイニングとアイランドキッチンが連なっており、パーティーを開こうと思えば、楽に五十人は収容できる。

南国ムードが溢れる庭にもそのまま出られて、すべてをセットで使えば、更に二十人は上乗せしても問題がなさそうだ。

「富裕層をターゲットにしたのも良かったんだろうが、なんにしても俺は大喜びで、有頂天だった。職人たちにまかしておけなくて、自ら現場にも通って、基礎打ちもしたし足場も組んだ」

そんな一階部分には、広々としたサウナ付きバスにトイレにクローゼットもあった。

緩《ゆる》い円を描いた螺旋《らせん》階段の上には、寝室や客間、ミニキッチンや露天風呂まで作られており、佐藤にしてみればこの建物だけで夢の国だ。

先日出向いた赤坂プレジデントの内装にも、勝るとも劣らないゴージャスさだ。

「ただ、俺はこいつを手掛けていくうちに、一つの事実に気がついた。あんなに焦がれていた西洋建築風だったにもかかわらず、いざ建ててみたら、ここに一番力が入ったんだ」

そうして一通り中を案内した宇崎が、最後に佐藤を通したのは、二階にある角部屋だった。

「これは、親父や兄貴に仕事を任せてもらう必需条件として、必ず入れろと言われて組み込んだ部屋だった。どうしてだろうな――。作っている時もここにいる時が一番落ちついて、いざ仕上げに入った時も、一番気合いが入った」

目の前に広がった和室に、佐藤は入った瞬間ホッとした。

定期的に張り替えられているのだろう、畳の匂いと木造の匂いが相《あい》まって、なんともいえず極上な和空間を生み出している。

かなり広々とした和室は十二畳の二間続きで、間を仕切る襖《ふすま》の絵柄は春夏秋冬の木花を描いており、見ているだけで安堵する。

もちろん、いきなりここへ通されたら、これはこれで緊張しそうな豪華さだ。

本床の間の床柱や床框《とこがまち》も見てわかるほど良質な桜や屋久杉《やくすぎ》が使われており、欄間《らんま》に施《ほどこ》された組子の繊細さには目を見張るものがある。

複雑な格子模様が釘を使わず組まれているそれは、佐藤からすればお寺かテレビの老舗の高級旅館特集でも見なければ目にすることもない和の芸術だ。

「こんなの予定にも予算にも入ってなかったんだか、どうしても入れたくなって追加した。完成したときには一番気に入った部屋になり、そして買った客からも一番喜ばれた」

そして宇崎が追加したのも、佐藤が見惚れたこの組子《くみこ》欄間だった。

格子透かし彫《ぼ》りの手の込んだものはよく目にするが、やはり素人目《しろうとめ》にはどう組んであるのかさえわからない組子の繊細さはなり特殊だ。

「ようは、DNA《ディーエヌエー》ってやつなんだろうな。それから俺は、一から日本家屋を見直した。どんなに外観を洋風にしたてても、家の核となる場所には日本家屋ならではの良さを生かすように作るようになった。日本の職人たちが腕をふるいたくなるような、自分の仕事として誇れるものを残せるような、そういう家を作って行きたいと思って――」

襖の上を見上げた宇崎は、完全に建築家の顔をしていた。

佐藤にとっては憧れの建築デザイナーであり、尊敬するべく師匠《ししょう》の顔だ。

「けっこう、いい教材になるだろう」

「はい」

まさかこんな形でスタートすると思わなかった佐藤は、この段階で、バッグに詰めて来たノートや筆記具は不要だと察した。

宇崎はその後も屋敷の中を案内しながら、佐藤が自然に目を止めた場所の説明をし、どちらかといえば興味を十分煽《あお》って、基礎のうんちくへと掘り下げていった。

最初に聞いたら逃げたくなるような構造や構造力学も、興味を掘り下げて聞くぶんには、不思議とすんなり頭に入る。

そうでなくとも講師は憧れの建築士で、教材は彼が手がけたこの屋敷だ。学校の教室では絶対に学ぶことが叶わない生きた勉強ができるのだから、佐藤の目は輝きっぱなしだ。

たとえ佐藤が本格的に学校へ通うことができるのが十年後であっても、今日のことが頭から消えることはないだろう。それほど佐藤はさり気ない宇崎の経験談やうんちく話から、建築の楽しさを教わった。ゼロから造り上げる面白さを、実際に楽しんでいるだろう宇崎からしっかりと伝授《でんじゅ》された。

「さ、そろそろ夕食にしよう」

そうして二時間、三時間があっという間にすぎると、佐藤はいつの間にかディナーが用意されていたリビングへと再び案内された。

すでに日が落ち始めて暗くなった部屋には間接照明だけが灯《とも》り、大人びたムードある空間へと様変わりしている。

「これは…」

特に室内から庭園を眺めて楽しめるようセッティングされたテーブルとソファは、広々としたリビングの中にあって、どこかこじんまりとしていた。

上手くすれば五十人から七十人もの人間が寛《くつろ》げる空間では、かえって佐藤が落ちつかないと判断したのだろう、こんな気配りが嬉しい。

何もかもが至《いた》れり尽くせりで、舞い上がりそうになる。

「二階に居る間に、道場《みちば》に手配しといてもらったんだ」

「道場さんに…」

佐藤は「ああ」と納得した。

今日は一度も顔を見ていないが、道場はこんなところでも縁の下の力持ちを発揮しているらしい。

そして、そんな気配りの人、道場が手配してくれたという夕食は、どちらかというとお酒を飲みながら楽しめるような、ちょっと豪華な家庭料理だった。

おそらく佐藤が作った家庭料理の話でも聞いていたのだろう。テーブルの上に並べられているものの半分が和食だった。

ただ、すべてがそうでないところが、道場の気遣いとセンスの良さだ。

「美味《おい》しそう」

残り半分は、箸でも食べられるような多国籍料理が少量ずつ置かれていた。

フレンチからイタリアン、ベトナム料理からタイ料理。それらは見ているだけで食欲を誘い、気分を高揚させる。佐藤は心から道場にも感謝した。

それなのに、

「じゃ、乾杯するか」

「はい」

やはりここでも一番佐藤の気を引いたのは、シャンパングラスを片手に微笑むハンサムな男だった。

『これは、酔うなってほうが無理だ。朝から度肝《どぎも》を抜かれることばっかり』

少し大き目なソファに隣合って座るのはドキドキしたが、面と向かい合って座っていたらもっとドキドキしたかもしれない。

そう考えると、視線が常に相手を見なくても失礼にあたらない、食事やライトアップされた庭園と交互に見ても不自然にならない状態は、佐藤にとっては有難《ありがた》かった。

緊張も半減し、食事にも心おきなく手をつけることができた。

『食事やお酒の前に、シチュエーションだけで酔う』

進められるまま飲んだシャンパンは、すごく甘くて大人の味がした。

『宇崎さんに酔わされる。どうしてこの人は…、こんなに魅力的なんだろう』

年に数えるほどしか飲みに行かない佐藤だけに、酔いが回るのは驚くほど早い。

ましてや、お酒など飲んでいなくても心臓を早鐘のように鳴らしてしまう宇崎が一緒では、もはやどこから酔っていたのかさえわからない。

ちびちびと飲んでいたはずのシャンパンをお代わりしたころには、すっかりおとなしくなってしまった。

「柚希《ゆずき》？」

宇崎が心配そうに顔を覗き込んで来た。

「――――」

それはわかっていたが、言葉が出なかった。

日中海に出ていたのも原因の一つだろうが、佐藤は顔も体も熱くて、少し呼吸も乱れていた。

「酔ったのか？」

くりくりとした双眸《そうぼう》をトロンとさせて頷くと、宇崎は「しょうがないな。これぐらいで」と言いながら、佐藤が両手でしっかりと握りしめていたシャンパングラスを取り上げた。

それをテーブルに置くと、「柚希」の名を呼び、顔を近づける。

『何…？　これは夢？』

驚くほど優しく口づけられて、佐藤は長い睫毛《まつげ》に縁取られた双眸を二、三度パチパチとさせた。

『どんな魔法？』

夢は覚《さ》めない。だから今度はこんな思考になる。

「柚希…」

宇崎は一度唇を放すと、どこか不安そうに佐藤を見つめて来た。

「はい」

どうやら意識はちゃんとある。それを確認すると、ククッと笑ってから日に焼けて赤くなった頬や柔らかな髪を撫でつけた。

佐藤がくすぐったそうに、それでいて嬉しそうに微笑むと、今度は力強く抱きしめる。

優しかったのは最初のキスだけで、二度目は深くて激しい口づけだ。

「ん…っ、んっ」

貪《むさぼ》るような愛撫に、佐藤は少し身じろいだ。

「んんっ」

もう、これ以上は熱くならないだろうと思っていた体が更に熱くなって、次第に理性が薄らいでいく。

『俺、何してるんだろう』

善悪では割り切れない、割り切りたくないという本能だけがむき出しになった。

無意識のうちに抱きしめる宇崎の腕を掴んで、付き放すどころか、縋りつく。

「…っ。柚希」

長くて激しい口づけは、それだけで佐藤を骨抜きにした。吐息さえ拘束していた唇が、いつしか頬や首筋に滑り下り、佐藤は全身に痺《しび》れが走ると「ぁっ」っと小さな喘《あえ》ぎ声を漏らした。

「まだ何もしてないぞ。なんて感じやすいんだ」

意地悪そうな呟きにさえ感じてしまい、鼓膜《こまく》が震えて鼓動も震えた。

「可愛いな、お前は」

そう言った宇崎が、今度は口づけながら佐藤の火照《ほて》った肉体を撫でつけて来た。

「ぁっ…っ、宇崎さっ」

キスをされて、胸元から下腹部までを探られた。

衣類の上から撫でられただけだというのに、佐藤はそれだけで雷にでも打たれたように感じてしまって、切ない声を漏らした。

「柚希」

こんなことになってしまって、怖くないと言えば嘘だった。

確かに理性は薄れて、本能と煩悩《ぼんのう》がむき出しになってはいる。が、それでも佐藤の心の奥底には、灼熱のように熱くなった肉体でも溶かせない氷のような不安があった。

冷たく、ただ冷たく凍りつくような不安。

佐藤は、いっそそれさえ溶かしてほしくて、瞼を閉じると宇崎に身を任せた。

きっと彼ならどうにかしてくれる。この恐怖にも似た不安を取り除いてくれる。

なぜか、そう思えて。

「柚希…。お前、このまま俺の…」

だが、そんな佐藤を受け止めた宇崎が、何かを愛《いと》おしげに言いかけた時だった。佐藤が羽織《はお》っていたジャケットのポケットから、携帯電話の着信音が響いた。

「あ…」

この場には不似合いな、アニメソングの着メロだった。

「出るな。お前はこのまま俺のものになるんだ」

急いで携帯電話を取りだした佐藤の手を、宇崎が本気で掴んで阻止《そし》しにかかる。

「でも、これ甥からなんです。何かあったのかもしれない。よほどのことがないと電話してこない子なんです。だから…」

しかし、一瞬にして顔つきが変わった佐藤に、宇崎は「そうか」と言って手を放した。これればかりは仕方がないと判断したのだろうが、佐藤も気まずい。「ごめんなさい」と言って席は立ったものの、もう一度隣に座る勇気はない。

「もしもし」

それでも佐藤は、匠哉の安否《あんぴ》を気遣いながら電話に出た。

〝パパ…。おなか痛い…、痛いよ〟

苦しそうな、それでいてか細い声が耳に届いて、思わず叫ぶ。

「え？　どのあたりだ？　お腹のどのあたりが痛いんだ⁉　救急車呼んだ方がいいのか」

〝ううん。いつものお薬で大丈夫だと思う。もう、飲んだ…。でも、でも…〟

そう言えば、出がけに「食べ過ぎるなよ」と笑って注意を促《うなが》したのは、他の誰でもなかった。匠哉が人一倍他人に気遣い、また残すのを嫌い、出されたものは無理にでも食べきる子供だとわかっていた佐藤本人だ。

特別食が太いわけでもないのに、匠哉は残さず食べるから、誤解を受けて多く出されることが少なくない。ましてや、お誕生会でバーベキューとなれば、親も張り切り〝余る・残す〟ことを前提で食材も用意するだろう。

「わかった。すぐ帰るから。帰ってお腹さすってやるから、今はちゃんとベッドに入って冷えないようにしておくんだぞ」

〝うん。ごめんなさい…。せっかく出かけてたのにっ…。邪魔して…〟

今にも泣きそうな匠哉に佐藤は、自分のほうが泣きたくなった。

「馬鹿、言うなって。俺のほうこそ、ごめん。うっかり時間を見るのを忘れてて…。じゃ、すぐに戻るから。切るぞ」

〝はい〟

佐藤は、時間を見るのを忘れていたわけではない。時間の存在そのものを、匠哉の存在そのものを忘れていたのだ。

「すみません、宇崎さん。俺」

少なくとも船の上に居た時までは、ちゃんと覚えていたと思う。

だがここに来て、宇崎から彼の処女作品を見せられたあたりから、思考のすべてが宇崎と建築のことでいっぱいになった。正しく言うなら、宇崎で何もかもが一杯になったと言っても過言《かごん》ではないだろう。その自覚があるだけに、佐藤の顔には、「親として失格だ」という後悔ばかりが浮かんでいた。

「大丈夫だ。そういうことならすぐに帰ろう。送っていくから」

宇崎から見れば、そんな佐藤だって、見ようによってはまだ子供の部類だ。

立派な社会人だとは思うが、大人の男としてはまだまだこれからだろうという若年《じゃくねん》だ。

「俺も気が利かなくて悪かった。ごめんな」

時折見せる甘えたそうな表情、そして仕草、あれは嘘でも偽《いつわ》りでもないだろう。親という責務《せきむ》で覆い隠された、佐藤の素顔の一つだ。

それも五年前から封じられていた、佐藤自身のはずだ。

「いえ、そんな。一人で帰れます。タクシーを呼んでいただければ」

「何、水くさいことを言ってるんだ。道場！」

「はい。お話は聞こえておりました。お車を用意します。宇崎は飲んでいるので、私が運転を」

「道場さん」

思いがけないフォローに、とうとう堪え切れなくなって、佐藤は「すみません」と呟きながら、ベソベソと泣き出してしまった。

道場にしたって、こんなこともあろうかと、この場に残っていたわけではないだろう。たんに、二人きりでは宇崎は飲めない。せっかく初めて席を設《もう》けたというのに、それではもったいないと思う反面、ある種の親心から成り行きを見届けたかっただけのはずだ。

「あーあー。これでいっぱしの親父だって言うんだからな」

それでも嫌な顔一つ見せない宇崎のざっくばらんなもの言いが、佐藤には有難かった。

「いっぱしですよ。少なくとも子供など持ったことも、育てたこともない私たちよりは」

「だな」

道場の気遣いも柔らかな笑顔も、何もかもが有難くて温かかった。


江の島近くまで遠出していたこともあり、佐藤が自宅に戻るまではざっと二時間程かかった。

「匠哉！」

それでも途中、よけいな心配をせずに済んだのは、「これを使っていいから、着くまで電話してろ」と、宇崎が自分の携帯電話を寄こしてくれたおかげだった。

「パパっ」

帰宅するまでメールを飛ばし合うことは可能だが、やはり声のが安心だろう。電話のほうが様子もわかるし、子供も気が紛《まぎ》れるだろうと言ってくれたおかげで、佐藤と匠哉は移動中今日あったことを話し続けた。

すると案の定、匠哉は友達が食べ切れずに残したものを引き取ったことで、自分のお腹が限界を超《こ》えたと白状した。

宇崎や道場はそれを聞いて、素直に感心していた。

佐藤には、「親の躾《しつけ》がいいんだな」と笑ってくれて、まだベソリとさせたが、それでも帰宅するころには、すっかり元気な声になっていた匠哉の様子に、二人揃って胸を撫で下ろしていた。

「じゃあ、俺たちはこれで」

そうして佐藤を匠哉の元まで送り届けると、宇崎と道場はさっさと引き上げた。

「本当に、かえってすみませんでした」

「いや、俺がうっかりしてたんだ。次は三人で行ける場所にしような」

「え？」

「また誘う。じゃあな」

「……」

お茶でもと声をかける間もない。

佐藤はすっかり忘れていた胸の高鳴りだけを思い起こさせられて、その後はまた凍った。

いっときは心身から温かいと感じて、心の奥底の氷さえ溶けたように感じたのに。宇崎たちが傍から離れると温かかった分だけ、一気に冷えた。

〝出るな。お前はこのまま俺のものになるんだ〟

思い出せば思い出すほど、苦しくて切なくて、『やっぱりあれは夢だ』と言い聞かせた。

『俺、酔って…きっと、ありもしない夢を…』

指でそっと触れた唇には、まだ宇崎から受けたキスの感触が残っている。

強く抱かれた肩にも、優しく触れられた頬や髪にも驚くほど鮮明に、佐藤は宇崎を記憶していた。

「パパ、もしかして…、さっきのおじちゃんのこと好きなの？」

だが、だからこそ佐藤は、『あれは夢だった』と割り切った。

「そりゃ、好きだよ。いい人だもん。でも、俺は匠哉が一番好きだから。大事だから」

「うん。わかった」

匠哉にも「宇崎は好きだが、一番ではない」と言いきった。

『そう。俺には匠哉を立派な大人に育てる目標がある。一緒に大学へ行くっていう夢もある。恋をしてる暇なんて――――』

そして口にしたからこそ、ようやく気づく。覚えのない動揺、体の芯から起こる高揚。

そしてそれと同じぐらい起こる不安や恐怖。

これらがいったいなんだったのか、どんな言葉に例えたらしっくりするものなのか。

『これって、恋なんだろうか？』

佐藤は今更という答えに、失笑してしまった。

他に妥当《だとう》な言葉も思いも見つからなくて、一秒前よりもっと苦しくなると、その胸痛を抱えたまま、ゴールデンウイークを終わらせた。

4

ゴールデンウイークが明けると、佐藤は気を取り直して出勤した。

その後の多忙もあり、三人デートは実現しないまま時間が流れて行ったが、それでもお互いに都合が着けばランチ程度は共にした。

このあたりのスケジュール調整は道場の手腕が発揮されたところだが、それでも佐藤は自分の思いを殺して考えていた。

いったいいつになったら、宇崎社長は諦めてくれるのか。

いや、自分が親なら、やっぱり諦めきるはずがない。ということは、この恋人役は宇崎に本当の恋人ができるまで終わらない。

だが、自分のような恋人役がいて、はたして宇崎にそんな相手が現れるのか!?

これでも現われたというなら、それこそ最強の恋人と思うべきなのか――と。

『不毛《ふもう》だ。何もかもが不毛としか言いようがない』

しかし、佐藤が頭を痛めていたのは、これだけではなかった。

「やっぱりあの噂は本当なのかな」

「誰ともアフターしない佐藤がってなったら、そうなんじゃないか」

「宇崎の社員達の間でも、話題になってるしな」

「社長が反対してる、花嫁候補を山ほど用意して、いますぐにでも別れさせようと躍起《やっき》になってるって…」

やはり世間の口に戸は立てられない。五月も半ばに差し掛かったころ、社内ではあらぬ疑いが、宇崎と自分にはかけられていた。

「そりゃ、いくら三男とはいえ、相手はあの宇崎建設の社長の息子だもんよ。しかも今や社運を一手に握るような建築デザイン部のエースだ。一度は傾くんじゃないかって言われていた宇崎が持ち直したのだって、結局は〝ラビットハウス〟シリーズを要《かなめ》としたデベロッパーがヒットしたからだし。長男の専務、次男の常務もそれぞれ優秀だけど、やっぱりヒットメーカーは三男だからな。親としては良家の娘さんを嫁にっていうのが、普通だろう」

同じビルの他社社員と噂になっても、それはそれは賑《にぎ》やかだろうに、相手は大手会社の社長子息だ。周りのノリも半端ない。

「大本命は、九条財閥の梨都子さんらしいしな」

「でも、そういう宇崎さんが佐藤を選んだってところが、夢があっていいのにね」

「うんうん。愛一筋って感じよね。世間体も何も度外視って感じで好感度五割増しよ」

「────けど、そんなの俺たちだからそう思うことであって、佐藤を知らない人間からしたら、ただのホ…」

中には当然口ごもる者もいたが、それでもこの話題が一日たりとも出なかったことはない。むしろ日増しに盛り上がる一方なのだ。

「芸術家にありがちなって思われるだけじゃん!?」

「まあ、いずれにしても宇崎から仕事がもらえるようになったら、美澤《みさわ》としては万々歳《ばんばんざい》だからな。伊丹《いたみ》建材の奴からは、苦し紛《まぎ》れに枕営業かって嫌味を食《く》らったけどな」

そんなことより、宇崎のお試し納品があることをもっと話題にしてくれ、失敗したらあとがないってことのほうを本気で心配してくれと思うのに。

「────…ちょっと」

「しっ。佐藤くんよ。黙って」

今日も佐藤は勝手違いな気を遣われて、肩を落した。

「気にするなよ。って言っても無理か。ここまで噂が広がると収拾《しゅうしゅう》がつかないよな。いっそ本当のこと言ったらどうだ。行きがかりで恋人役を頼まれただけだって」

仙道にも気を遣われて、こっそり声をかけられる。人気《ひとけ》のないパーテーションの影で、朝からコソコソ話もしてしまう。

「いえ、そんなこと言っても、かえって火に油をそそぐようなものですよ。ほとぼりが冷めた頃に〝別れました〟っていうほうが、噂も自然消滅しますって」

「でもよ、向こうは何を言われても自業自得だけど、お前は完全に巻き込まれてるだけじゃないか」

「そうかもしれません。けど、たとえきっかけや理由がどうであれ、これが俺への社会的評価だと思うので…」

それでも佐藤は、自分が本当に宇崎を好きになってしまったことだけは、誰にも悟《さと》られまいとひた隠しにした。

「佐藤」

「だって、宇崎さんも言ってたじゃないですか。そんなことで俺の値打ちが下がるのか、仕事の評価が下がるのかって。本当に価値のある人は、噂に振り回されたりしません。結局はもともとの人間性や仕事で判断されるんだと思います」

匠哉《たくや》だけではなく、仙道をも欺《あざむ》いた。

「まあ、もともと話題性のある方なんで、プライベートが社会的評価に繋がるのは否《いな》めないかもしれませんが――――。それでも、いずれはきちんとした方と結ばれて、落ち着けば俺のことはなんだったんだろうで終わります。すぐに忘れられますよ」

「いや、だから。宇崎はいいんだよ。俺が心配してるのはお前のことだし」

そうして呪文のように繰り返す。

「やだな、先輩。俺には匠哉がいるんですよ」

これは自分への暗示だった。

俺には匠哉がいる。まだまだ手のかかる子供がいる。

恋なんかしている場合じゃない。宇崎との付き合いはあくまでも仕事だ。

たとえ良くしてくれたところで、それは仕事相手だからであって、キスをしたのは恋人役に徹するためだ。

宇崎社長を欺き通すために他ならない――――と。

「え？」

かなり強引な暗示だが、佐藤はこれを毎日心の中で繰り返していた。

毎日繰り替えさなければいられないほど恋焦《こ》がれているのに、それが佐藤にはわからない。

「もともとよくしてもらっただけで、付き合ってなんかいませんでしたって言っても、信《しん》憑性《ぴょうせい》があるじゃないですか。笑って済ませられる話です。仮にまだ疑う人間がいたとしてとしても、きっと子持ちがばれて上手くいかなくなったんだろうな…って考えるだけで。でも、そうなったら何が本当で何が嘘だなんて、噂好きの人には通用しないってことです」

「佐藤」

「心配してもらって、嬉しいです。でも、俺は大丈夫です。だってこうして親身になってくれる先輩がいるし、匠哉もいるし。それだけで十分です」

それでも佐藤は思っていた。たとえ宇崎の恋人役が終わっても、自分は何もかもを失うわけじゃない。ただ、宇崎という存在を個人的に得られないだけだ。

しかも、もしも自分が宇崎を好きになったら、匠哉はどれほどショックを受けることだろうか？

このさい相手が誰であろうと、きっと匠哉は寂しい気持ちになる。

佐藤に自分よりも大事な人ができた。その現実は、きっと喪失感だけではなく、最愛の者に裏切られたような痛嘆《つうたん》さえ生むかもしれない。

それを考えれば、佐藤は宇崎のことも簡単に諦められると思った。

「お前は強いよな」

たとえ初めて知った恋であっても、いい思い出に変えられる。別に、当たって砕けて手痛くふられたことを考えれば、キラキラと輝く海と空のような美しい思い出だけが残る。

「あ、それより先輩。宇崎のデベロッパーに売り込んでいる外壁板のことなんですが、やっぱりオリジナルデザインの柄で希望してくると思います。価格的にどれぐらい負担になりますかね？」

ならば、それより今は仕事だ。せっかくもらったチャンスをものにする時だ。

「そのデベロッパーって、何棟ぐらいの住宅地予定だ？」

「千から千二百ぐらいじゃないかと思います。まだ詳しい内容は発表されていないので社内秘だとは思いますが。これまでのデータから見ても千棟はあるかと…」

リアルな数字を前にすれば、仙道も顔つきが変わる。ここまできたら佐藤も、これが絶対に失敗出来ない仕事だと改めて腹を据《す》えるだけだ。

「それだけあるなら、差額はこっちでどうにかするよ。それに、多少厳しくても今後のことを考えたら無理のし甲斐《がい》はある。宇崎御用達《ごようたし》の商品があるってだけでも、宣伝効果が見込めるし。その辺は上とも掛け合ってみるから、もっと具体的に検討が出来るように希望を聞いてこい」

「はい」

しかし、

「すげえなぁ。これで宇崎が取れれば、入社半年にして一躍《いちやく》営業部のトップか」

「俺も自社製品以外に売り込めるものがほしかったな～」

どんなに佐藤が真摯《しんし》な姿勢で仕事に向かっても、宇崎とのことが噂になってから風当たりが強くなったのは否めなかった。以前なら他部署からのちょっかいだけだったが、さすがに宇崎建設の仕事は大きかった。同じ部署内の先輩からまで、ちくりちくりと嫌味とも聞こえる本音が出るようになったのだ。

「――――だったら毎日鏡の前で笑顔の練習するとか、人から好かれる営業トークの勉強したらどうですか」

言ってるほうに悪気がないのは、佐藤も仙道もわかっていた。

だが、だからこそ仙道は腹が立って、わざと明るく声をかけた。

「あとはあれですね。宇崎に限らず、一級建築士と対等に話が出来る基礎知識。これがあるかないかで商談内容も変わってくると思いますけど。そうそう、大企業相手に飛び込み営業出来る度胸と、アポを取るまで通い続ける執念《しゅうねん》。ここまでそろえば、成績向上間違いなしだと思いますけど」

満面の笑顔で痛烈な嫌味を放った仙道に、かえって佐藤のほうが慌ててしまった。

「ちっ。若造《わかぞう》が」

「社長の気に入りだと思って」

「社長は仕事が出来る人間、意欲的でどん欲な上に努力を惜《お》しまない人間が大好きですからね」

明らかに怒気《どき》を放った相手に、なおも追撃するのは仙道ならではだ。

相手は返す言葉もなくして、舌打ちしながら去っていく。

「先輩」

さすがに佐藤の顔色も変わっていた。

自分のために仙道が他人から恨《うら》まれるのは本意ではない。

「気にするな。俺がじつはここの跡継ぎだって知ったら、手のひら返すタイプだ。俺からしたら、いつやめてもらっても損はない人材ってことだ。とにかく、お前はいい奴だ。俺の自慢の後輩だ。だが、それだけに心配もしてるから、そこは忘れないでくれ。あまりに私用で宇崎がわがまま言うようだったら、仕事のことは忘れていい。切っていいから」

それでも仙道は平然と言い放つ。

「俺は、俺が手がけた建材に自信がある。どんな大手が相手であっても、へりくだるつもりはない。営業は仕事であって、相手と対等で良いものだ。そうでなければ、良い仕事は出来ない。お互い為になる仕事に発展もしないからな」

佐藤は「はい」以外の返事が見つからない。

これだけの自信を裏付ける実績を作るのに、彼はどれほどの努力をしたのだろうか？

それを自分が得るには、この先どれほどの仕事をこなしていけばいいのだろうか？

『かっこいいな。きっと先輩なら宇崎さんとも対等に仕事が出来るんだろうな』

佐藤は、言いたいことをすべて言い終えると、自分のデスクに戻っていった仙道がとても羨《うらや》ましかった。

『いやいや。そんな先輩が自信を持っている商品だ。俺も自信を持って売り込まなきゃ』

それでも彼の背中ばかりを見ているわけにはいかない。佐藤は気持ちを切り替えると、仕事に入った。

お試しで使ってもらった〝和彩〟の感触はいい。ここからはデベロッパー用の商談だ。

『よし』

その後佐藤は、改めて資料をまとめると、宇崎建設へ出向いて行った。

空は雲一つない五月晴《さつき》れ、なのに佐藤の胸は少しだけ痛かった。

お台場《だいば》では感じるはずのない湘南《しょうなん》の風や潮《しお》の香りを錯覚して、佐藤は呪文を唱《とな》えながら宇崎の元へ向かった。

先に納品した外壁板が職人たちの間でも「扱いやすい」と評判だったことから、営業はとんとん拍子で進んで、デペロッパーの件になった。

「――――わかりました。では、出していただいた要望にどこまで添えるか、開発者と相談してみます。週明けまでお時間をいただけますか」

宇崎は案の定、外壁板のデザイン込みのオリジナル板で頼みたいと言ってきた。

いつの間にか数種類のデザイン画も完成させていた。

デペロッパーの外観そのものは洒落《しゃれ》た洋館タイプが連なる町なので、外壁のデザインも自然と洋風なものになる。

宇崎は「専門じゃないが」と謙遜《けんそん》したが、さすがに海外留学で基礎を固めているだけに、このあたりは達者だ。佐藤の目から見ても、デザインだけなら既存《きぞん》のものより洒落ている。これが宇崎建設専用ではなく、美澤の商品だったらどれほどいいだろうと思ってしまったほど素晴らしい出来だ。

ただ、宇崎の要望はそれだけに留まらなかった。

できればもう少し耐火性を上げてほしいとか、柔軟性を増してほしいとか。今でも十分だと評価した部分に関しても、グレードアップを要求してきた。ようは、すべてに置いて宇崎オリジナルにできるか否かで、この大口の発注が決まるということだ。

「いや。いい。デベロッパーの着工時期から考えても、そっちの最初の納品時期は三カ月から半年先だ。それだけあれば、希望通りの建材は上がるだろうから、そのつもりで次は価格の返事だけ寄こせ」

「え？」

しかし、これは仙道に聞かなくてはと思っていた佐藤に、宇崎は「その必要はない」と言ってきた。要望通りのものが上がってくることを前提に、すでに話を進めていた。

「こっちも希望価格の上限は出してある。だが、納得のいく説明と商品であれば、多少の上乗せはやむを得ないとも思っている。俺もわがまま放題言ってるからな。それらを全部含めて、次は価格交渉に来い。今日の段階で美澤に発注することは決定でいい」

これは絶大なる信頼の証《あかし》だった。グレードは上げても価格はそのままでと言って来ても不思議はない。むしろそれが当然だ。

だが、宇崎は場合によっては金額が変わることも想定してくれた。

仙道の開発力を認め、信じた上で、それに見合うだけの金は出し惜しみしないときっぱり言い切り、この場で契約の大半を決めてくれたのだ。

「ありがとうございます。ご期待に添えるよう頑張ります」

佐藤は全身が震えた。

きっとこれを聞いたら、仙道も社内の仲間たちも同じように身を震わせるだろう。

「ああ。期待してる。満足すれば今後も取引をするから、そのつもりで頑張ってくれ」

宇崎はこんなにも美澤建材を信頼してくれている。

仙道が何年もかけて作り上げただろう商品を正当に評価し、その上今以上の未来があることに賭けてくれたのだ。

「はい！」

佐藤は、すぐにでも仙道に報告したかった。この何とも言えない感動からくる震えを分かち合いたかった。地に足がついていないとはまさにこのことだ。

「あ、そうだ。次の日曜日、空《あ》いてるか」

「は、はい」

隙を着くように聞かれて、佐藤はうっかり返事をしてしまう。

「これ。道場がチケットを取ってくれたから、三人で行こう」

宇崎はスーツの懐《ふところ》から遊園地のチケットを取りだし、差し出してくる。見ればこれからグランドオープンする遊園地の株主招待券だ。

「三人って、道場さんもですか？」

「そんな訳ないだろう。三人目はお前の甥《おい》っ子だ」

呆れたように笑われて、佐藤はまた全身が震えた。

「え？　匠哉も一緒にですか？」

「留守番させて、また腹痛を起こされたら大変だからな。一緒にいる分には安心だろう」

恋人役は続いている。だから、こんな誘いがあっても不思議はない。

だが、それにしたってという内容に、佐藤はつい先ほどと同じぐらい震えが起こって止まらなかった。

「でも、匠哉まで一緒で、誰かに見られでもしたら」

あれほど唱えてきたのに、宇崎を前にすると呪文が利かない。

「何か不都合か？」

「いえ、その…」

自分には匠哉がいる。宇崎に惹かれては駄目だとわかっているのに、彼の好意に甘えたくなる。匠哉ごと自分を構おうとする宇崎の嘘のない笑顔に負けて、どうしても心が揺らいでしまう。

「悪いようにはしない。心配するな」

「はい…」

それでもこの場の空気を濁《にご》すことなく返事ができたのは、絶対に匠哉が「嫌だ」と言うことがわかっていたからだった。

さすがに二つ返事でＯＫはしない。言えば戸惑い、躊躇《ためら》う素振りぐらいは見せるだろうと確信していたからだった。

＊　＊　＊

この確信だけは外れまいと信じて疑っていなかったために、佐藤は三人デートの当日になっても悩んでいた。

「すっごーい。まだオープン前なのに入っちゃったよ、パパ。株主招待券ってすごいね。学校で自慢できちゃうよ！　みんなここに来たがってるんだもん」

話を切り出した途端に「嫌だ」とそっぽを向くか、もしくは多少考えてからいやいや「いいよ」と言うかだろうと踏んでいた匠哉は、なんとチケットを見せた途端に二つ返事で「嬉しい」と笑った。唖然とした佐藤を余所《よそ》に、今と同じようなことをまくしたてて、「楽しみだね」「宇崎のおじちゃんって、いい人なんだね」まで言ってのけたのだ。

おかげで佐藤は拍子抜けするだけでは済まなくて、困惑した。

『これも道場さんの作戦勝ち？　いくらなんでも、俺に気を遣って演技してるようには見えないよな？　単純に来てみたかっただけか？　やっぱり場所が場所だから？』

子供なだけに、一般にオープンされる前の遊園地に行けるという好奇心や興味に勝てなかったのだろうが、だとしても複雑な心境だ。

宇崎や道場の顔も立てられて、ああ良かった——とは、素直には思えない。

「そ、そうだな」

自分は匠哉を思って、初恋を諦めようとしている。

だが、匠哉は自分に好きな人ができるかもしれないことより、遊園地のほうが大事なのだろうか？

それとも自分が宇崎はいい人だ。少なくとも好きなうちの一人だと言ったから？

もしくは、匠哉が一番好きだと言ったことを信じて、安心しきっている？

『——馬鹿だな、俺も。八才児相手に、何を深読みしてるんだか…』

佐藤はあれこれ考え過ぎて、結局原点に戻った。

『子供に戻った気持ちで考えてみろ。お年玉をくれる大人は全員いい人だ。しかも、友達に自慢できるような経験をさせてくれるとなったら、他に目はいかない。この時ばかりは、ご都合主義だ。それが子供らしさだ』

そもそも自分の気持ちさえよくわかっていないのに、疑心暗鬼になったところで意味がない。なんの得にもならないだろう。

ましてや、三人で遊園地に来たから、本当に宇崎と付き合うわけでもない。

宇崎が父親に「相手が子持ちなのも覚悟の上だ」と言った手前、また先日のようなことがあった手前、次にダミーデートをするなら三人のほうがいいだろうと判断しただけかもしれない。

それに、ここで変に考え込むのは、自分に期待があるからだ。

呪文が利かないどころか、どんどん強欲《ごうよく》になっているからだ。

『それに大人になったって、こんな楽しそうな所へ来たら、あれこれ考える前に楽しもうってなるし――――』

佐藤は、「やめた、やめた」と開き直ると、ここまで来たのだからまずは楽しもうと心に決めた。

「あれ、あれ乗ろうか、匠哉。スーパー・グレート・スペシャルマウンテン！　ここの目玉のひとつだぞ。お前もう、身長制限引っ掛からなくなったし、いくらでも乗れるぞ」

せっかく道場が手配してくれたプラチナチケットだ。次に会ったらちゃんと感想が言えるようにはしておきたい。

それに、なんだかんだ言っても佐藤は、この手の場所が大好きだ。目新しいマシンにも目がない。

そんなこともあって、佐藤は最低でも目玉になっている絶叫系のマシンだけは制覇《せいは》しようと匠哉を誘った。まずは見ているだけで目が回りそうなジェットコースターを嬉しそうに指さした。

「ううん。僕、一人で待ってるから、宇崎のおじちゃんと乗って来て」

「え!?」

だが、それは満面の笑顔でお断りされた。

「だって、苦手なんだもん。気持ち悪くなっちゃう。せっかくきたのに…、最後まで楽しめなくなったら困るから」

「でも、そんな…。お前一人を置いて行くなんて…」

匠哉が言わんとすることはわかるが、ここに子供だけ置いて、大人二人が乗り物に乗るのはもっと変だろう。

子供一人を置き去りにして、何してるんだあいつらは？　と、自分が他人なら呆れるとこだ。やはり子連れなら、子供を中心にしてはしゃぐのが大人としてのマナーだ。

「なら、お前一人が行ってきていいぞ。こっちは見とくから」

「で、でも」

それなのに、今度は宇崎までもが言ってきた。

「行ってきなよ、パパ。せっかくの乗り放題チケットがもったいないよ」

「そうだぞ。道場に感想聞かれた時に困るしな」

佐藤はまた悩んだ。ここで宇崎に匠哉を預けて行くって、親としてどうなんだ⁉ と。

だが、乗り物だけは乗ってみなければ語れない。宇崎が言うように、道場に「どうでした？」と聞かれた時に、やはり一つや二つ答えられるものがあったほうがいいような気がするのも確かだ。

「は、はあ…」

別に、道場は宇崎が佐藤親子とデートができればいいだけで、絶叫マシンの感想は求めていないだろう。「三人仲良く乗らなかった」と告げたところで、笑って「それは、それは良かったですね」と言うだけだ。

「じゃ、すみませんけど、お言葉に甘えて行ってきます」

しかし、佐藤は目の前にある誘惑に逆らうことができず、一つだけなら…と、絶叫マシンに向かって走って行った。

一つが二つ。二つが三つ。それどろか、タガが外れて同じものを一周二周と乗りまくることになるとは思わずに、今は「一つだけならいいよな」と、喜び勇《いさ》んで絶叫マシンに乗り込んだ。

限られた人間だけに入場が許されたオープン前の園内は、驚くほどスムーズに乗り物が乗れる。待ち時間は長くても十分程度、佐藤にとっては天国だった。

数分後、コースターの最前列で嬉しそうに両手を上げている佐藤を見上げて苦笑したのは、宇崎ではなく匠哉だった。

「ふうっ。これっぱかりは、柚希《ゆずき》に付き合ったら大変なことになるからね。ああ見えて強者だから。宇崎もここに残って正解だよ」

何か聞き捨てならないことを耳にした。宇崎は「ん!?」と首を傾《かし》げながら、携帯電話片手に溜息をついていた匠哉をしげしげと見下ろした。

「あと、ここの工事の何割か、宇崎建設で請《う》け負《お》ってたよね？　一度見ておきたかったから、すごくタイミング良かった。誘ってくれてありがとう」

「?・?・?」

お礼を言われても、何のことだかさっぱりわからない。ガラリと態度を変えた匠哉は、その目つきさえ打って変わって、大人びたものになっている。

「ところでさ、実際会社の景気ってどうなの？　宇崎建設って、ここ最近当たってるのは〝ラビットハウス〟のシリーズだけで、他の企画はまったく目立ってないよね？　今になって三男に良家との縁談なんて…、もしかしたら経済的な理由もあるんじゃないの？株のほうも伸び悩みだし、大丈夫？」

「――――…」

できれば、このままずっとわかりたくなかった。気付かないままスルーしてしまいたかったが、さすがに宇崎も馬鹿ではない。佐藤の前では完璧なまでに被《かぶ》っていた猫を脱いだ匠哉の本性が、なんとなくだが見えて来た。

「自分の仕事しか見てない感じだから忠告するけど、宇崎建設そのものは決して安定してないよ。公共事業の縮小で、今はどこもきついのはわかってる。でも、ここらで何かやっとかないと、そのうち中国企業にのまれるからね。都市部の不動産を根こそぎ買いあさられる前に、もっと頑張らなきゃ。日本の不動産、建築業界は」

「…っ」

こいつはただの小学生、それも八才児ではない。

匠哉は今も携帯電話の画面で、前日の株価の終値《おわりね》を確認している。

何かの見間違えかと眉《まゆ》を潜《ひそ》めたが、匠哉は画面から目を反《そ》らして携帯を閉じると、長身な宇崎を見上げてニヤリと笑う。

「あ、僕の趣味株だから、東証一部に上場してる会社のことなら、ある程度わかるよ。ちなみに今、宇崎の株を買おうかどうか検討中。だから、ここも見に来たかったんだ」

「うちの株を買うだ？　趣味だ⁉」

見下ろしているのに、見下されているような気分になるのはなぜだろうか？

匠哉の眼光の鋭さは半端なかった。下手《へた》な大人よりあくどい目つきで、その上大人がどうやっても敵《かな》わないだろう無邪気さまで持ち合わせている。

「そう。柚希の名前を借りて、こっそり資産を増やしてるんだよ。東証のバイヤーまで抱《かか》え込んでるんだから、絶対にばらすなよ。そうでなくとも、僕を自力で養ってることが柚希の喜びであり、自信の源《みなもと》なんだから。間違ってもそれを奪うようなことしたら、ただじゃおかないからね」

しかも、だったら言わなきゃいいのに、ここでばらしてきたということは宣戦布告だ。

佐藤にさえ理解されているか怪《あや》しい宇崎の本心をしっかり見抜いて、あえて釘をさしてきているのだ。この最強にして最悪な小舅《こじゅうと》は‼

「本当はさ、高卒検定なんか楽勝だし、すぐにでも大学いけると思うんだよね。でも、今しかないじゃん？　小学生らしく柚希に甘えられるのって。だから、こうやって年相応《そうおう》にしてるんだけど――――、わかりきったことを説明下手な先生から毎日六時間も聞かされるのって苦痛だよ～。精神修行だと思って耐えてるけど、これがあと十年も続くかと思ったら、うんざりだよ」

口には出さなかったが、宇崎は「そら、先生だってうんざりだろうな」と、同情が起こった。自分なら絶対にこんな生徒は受け持ちたくない。部下にいたって嫌だろう。

「あ。それからこれだけは言っておくけど、将来柚希と結婚するのは僕だから。〝ただ年食っただけの男〟になんか絶対に大事な柚希はやらないから、さっさと諦めてね。今日はそれも言いたくて来たんだ。そっちは大《だい》の大人《おとな》なんだから、一度で理解しろよ。間違っても、これ以上絡んで柚希を苦しめるなよ」

だが、ここまで言われたい放題言われて黙っているほど、宇崎も立派な大人ではない。

「柚希は僕のパパであり、ママなんだ。宇崎みたいに悠々自適《ゆうゆうじてき》な独身貴族を謳歌《おうか》してきた遊び人とは根本から違う人間なんだから、そっちの勝手で振り回すなよ」

『この餓鬼《がき》ゃ…』

そう、世の中には子供にはわからない〝大人げない大人〟というのがいるものなのだ。

それも子供相手に本気で対抗意識を燃やす大の大人が――――。

「はー、楽しかった。やっぱり次はみんなで乗りましょうよ」

宇崎は、この危機的状況を想像さえしていないだろう佐藤が爽快な顔で戻ってくると、わざとらしいぐらいの笑顔で迎えた。

「えーっ、僕はいい…」

「そうだな！　せっかくだし乗るか。な、匠哉」

匠哉が可愛くスルーしようとした佐藤からの誘いを敢《あ》えて受けて立ち、これこそが俺からの果《はた》し状だ、受け取れ、この餓鬼ゃ！　と、匠哉を巻き込んだ。

「男が怖いなんて言わないよな。たとえまだまだ使い物にならなくても、付いてるもんは付いてるんだろうからな」

どんなに子供であろうが、男は男。一番突かれたくないところを突かれれば、否応《いやおう》なしにムキになる。

「のっ、乗ってやろうじゃないか」

ましてやあれだけ豪語したあとだけに、引くに引けないのもあっただろう。が、なんにしてもこの一言が運のつきだ。

「じゃ、決まりで。なら、あれ行きましょう！　せっかくのフリーパスだし、今日は乗れるだけ乗って、道場さんに楽しい報告ができるようにしましょう」

佐藤は神々《こうごう》しいばかりの笑顔で、蛇《へび》がとぐろを巻いたようなコースターを指さし、なおかつ「こうなったら全部乗って行きましょうね」と言い放った。

待ち時間五分から十分など、絶叫マシン好きにはたまらない状況だが、そうでもない人間たちにとっては生き地獄だ。

待ち時間が一時間でも勘弁してほしいだろうに、間髪《かんはつ》を容《い》れずに絶叫しまくりだなんて、「いっそ殺せ」と叫びたい状態だ。

「だから、柚希に付き合ったらとんでもないことになるって言ったのにぃっっ」

おかげで一時間も経《た》ったころ、匠哉は血の気の通わなくなった顔でトイレにこもって吐《は》いていた。

「だったら一人で待ってればいいだろう」

なぜか背中をさすっていたのは佐藤ではなく、悪気もなく勝ち誇った顔をしている宇崎だった。

酒には弱くても、絶叫マシンには全く動じない佐藤には、匠哉の我慢の限界が読めなかったのだろう。ここだけは宇崎のほうが共感できる部分なので、適当なところで佐藤に飲みものの買いつけを頼んで、匠哉をトイレに誘った。

今のうちとばかりに、思いきり吐かせてやった。

「そんなことできるか！」

「なら、最後まで勝負だな。ほら、頑張れよ」

そうしてある程度治まるのを見届けると、決してリタイヤしない匠哉と用を足《た》しながら、ふっと微笑んだ。

「なんだよ」

「いや、何を言ったとこで、子供だと思って」

「何、当たり前のこと言ってんだよ!!　ってか、あと五年もすれば負けないよ。せめて中学まで行けば僕だって！」

さんざん醜態《しゅうたい》を曝《さら》したあとだけに、匠哉にも最初ほどの棘《とげ》はない。むしろ羞恥心《しゅうちしん》も一人前に持ち合わせているだけに、こうなるとかなり肩身が狭まそうだ。

それなのに、追撃の手を弛めることのない宇崎は、匠哉の股間をちらりと見ては、意味深に笑った。

「何見てんだよ。変態っ」

「はははははは」

なんて奴だと思ったところで、もう遅い。匠哉が子供子供していない子供なら、宇崎は大人げない大人なのだ。それも子供じみた性格を残したまま、身体も心も権力も大きく育ったのだから始末に悪い。

「そうだな。そこまで行けば、柚希そっくりの美人になるかもな」

「なんだって？」

「遺伝子的に、そういう可能性だってあるだろう？　匠哉ちゃん」

追い打ちをかけた挙句《あげく》に、決定打まで放つ。

どんなに「鬼」「悪魔」と言われようが、ライバルは根絶《ねだ》やしにするのが、宇崎のモットーだ。

たとえ匠哉の「将来は柚希をお嫁さんにするんだ」という、ある意味子供らしい夢や希望さえ打ち砕こうとも、喧嘩《けんか》を売ってきた者には容赦《ようしゃ》をしない。

これが宇崎の〝恋のルール〟だ。

「っっっ、そうかもな。でも、そんときお前は間違いなくおっさんだから。ぴっちぴちな僕と違って、初老だから初老」

「くくくく」

それでも負けじと食ってかかってくる匠哉が愛《いと》おしいのは、なぜだろうか？

「何、笑ってるんだよ」

「その時は柚希だって、三十近くだよ。むしろ今より違和感がない、俺と釣り合いのとれた姿になってるはずだ」

「────っ」

そんなことわかってる！

けど、わかっていても認めたくはない。だから匠哉は努力している。

それが見ていてひしひしと伝わってくるから、宇崎は匠哉までもが愛おしくなる。

「匠哉。まだか？　宇崎さんにご迷惑かけてるんじゃないだろうな」

飲みものを抱えている手前、外から声をかけてきた佐藤と同じほど────。

「いっそご迷惑どころか、おしっこかけてやりたいけど我慢してるよ」

「偉いな～。あとでお土産《みやげ》買ってやろうな」

「キャラクターグッズなんて買ってよこしたら、けり飛ばすからな。僕に媚《こ》びたかったら、株券よこせよ。茶封筒以外お断りだからな！」

最初は勢いだけで「子持ちでも」と言ったが、今では二人セットが当たり前のように感じる。

「がめつい餓鬼だな」

「年の割には、しっかりしてるって言ってくれ」

むしろ、こんなクソ餓鬼がついてる佐藤には、俺しか無理だろう。

佐藤のほうこそ、俺を逃《のが》したらあとがないだろうぐらいの気持ちだ。

もっとも、その後も満面の笑みで二人を地獄巡りへと誘った柚希は、二人の男心などまるでわかっていないようだった。

「じゃ、次はあれ行きましょう。あれがここの最大の目玉ですって」

手の中に治まる園内のカタログを見ながら、とうとう匠哉だけではなく宇崎まで失笑させた。

「地上百メートルからのバンジージャンプって…」

「もはや乗り物でさえなくなったか」

高々と聳《そび》えるジャンプ台の足下から見上げながら、宇崎は「そういやこんなものも作ったんだった」と、今更思い出した。

――が、もう遅い。道場に悪気はないだろうが、この事態を佐藤から聞かされたら、間違いなく真っ青になるだろう。

彼のことだ。おそらく「きゃーきゃー」言いながら子供や佐藤が宇崎に縋る、そして宇崎が頼れる男として自然演出されるのを見越して、こんな絶叫マシンだらけの遊園地を選んだのだろうが、これは完全に読み違いだ。

「リタイアしろよ、宇崎」

「そっちこそ」

声には出さずとも、キャーキャーどころか、ギャーギャー言わされているのは、宇崎のほうだ。

「本当は高所恐怖症なんじゃないのかよ」

「それはお前のほうだろう？」

おかげで鬼のような小舅とはかなり親密になれたが、それでも鼻歌交じりにエレベーターに乗り込んで行く佐藤相手に、いいところなど見せられるはずがない。

「僕はスピードが駄目なんであって、別に高いところは……！」

ジャンプ台手前でエレベーターを降り、地上百メートルでしか味わえないだろう強風ならぬ恐怖に煽られると、少しだけ「道場…」と、怨《うら》みがましく思う。

「どうやら、そういう問題じゃないな」

とはいえ、ここまできたら、あとは飛ぶしかなかった。

「翼のない人類にとって、飛び上がることは夢だけど、飛び降りることはただの自殺行為だ。持って生まれた生存本能が、やめろと言っている」

「詩人だな。こんな時だって言うのに」

尤《もっと》もなことを言っている八才児に心から共感したいのは山々だが、大人には大人の意地がある。すくなくとも匠哉がリタイヤするのは構わないが、自分はそうはいかない。

「人間が死ぬのは何も落ちた衝撃だけじゃないぞ。落ちていく衝撃で心臓が止まることだってあるはずだ。お前よく、悠長《ゆうちょう》に構えてるな」

「ここまできたら開き直るしかないだろう。途中で引き返すならまだしも」

昇って来たエレベーターで地上に下りるなど、宇崎にとっては、屈辱以外の何ものでもない。だったら入口でやめたほうが、どれほど潔《いさぎよ》いか。そう思えば、宇崎も腹が決まった。

「この遊園地、保険は大丈夫なんだろうな」

「わかったわかった。お前はただの未来ある子供じゃない。万が一の時には、東大医学部の学生基準で裁判起こして、補償金ぶん捕《ど》ってやるから安心しろ。ただし、俺が逝《い》った時には、その百倍はぶん捕れよ。実益のある大人なんだからな、こっちは」

こんな時にどんな冗談だ。

しかし、不思議なもので腹を据えたら自然と笑えた。笑えたら、最悪自分がリタイヤすることで、匠哉を連れて敗者の道をたどってもいいかと考えが変わった。

きっと虚勢《きょせい》をはっていても、匠哉は怖くて仕方がないだろう。

それを汲《く》んでやるのも、大人の役目だ。

負けるが勝ちという言葉もある。

宇崎だって、そこまで融通の利かない男ではない。たとえ上げずとも、相手に白旗が見えれば、自分のほうから折れてやるぐらいのことは可能だ。

「高いところ、平気なんですね」

と、そんな宇崎が堂々として見えたのだろう、佐藤は感心したように聞いてきた。

さすがにここまでの乗り物とは勝手が違う。少しは怖くなったのかもしれない。

「建築士が高所恐怖症じゃ仕事にならないからな」

「それは確かに」

「だから、克服《こくふく》するためにエベレストに登ったことがある。国内から制覇して、アタックまでに二年かかったけどな」

「え⁉」

宇崎は一人、また一人とジャンプしていくのを待ちながら、佐藤にリタイヤを切り出すタイミングをはかっていた。

「ちょっと勝手が違ってたけどな。でも、地上で一番高いところに立ったら、本当に怖いのは身近な高さだと理解した。ここから落ちて死ぬ分には苦痛も何もないが、三メートルだの五メートルだのってところから落ちたら、かえって面倒だってな」

時には撤退も必要だ。駄目だ、無理だと感じた自身に従うことは、決して恥ずかしいことではない。

それを佐藤に説得できるのは、この場には宇崎しかいない。

「ようは、高さやその恐怖より怖いのは、人の持つ狎《な》れやおごりってことだ。だから、職人たちには常にそれを言ってきた。たかがウサギ小屋だと思って、なめてかかると人生狂わすぞって。現場に入ったら常に万全の態勢で、スカイツリーのてっぺんにでも挑《いど》む気持ちで足場に乗れよってさ」

「――――そうですね。覚えておきます」

だが、タイミングをはかるつもりで口にした雑談が、佐藤には胸に来るものだったのだろう。一瞬とはいえ、その目には宇崎しか映らなくなった。

当然宇崎の目にも、今だけは佐藤しか映っていない。

「パパっ。怖いよぉ」

それを即座に察知《さっち》したのか、匠哉が捨て身で視線を奪い返しに来た。

「え？　やっぱりやめておくか？」

「ううん。頑張るからおまじないして」

しかも、せっかくの神の声を袖《そで》にしてまで何を要求するのかと思えば、

「しょうがないな。まだ利くのかな」

おでこにチュウというやつだった。

「利くよ。大人になっても、ずっと利くよ」

ついでほっぺたにもチュウチュウし合って、一度は鎮火《ちんか》しかけた宇崎のライバル心に火を付け、ついでにガソリンをぶちまけた。

『このくそ餓鬼っ！』

ふふんと上目遣いで舌を出した匠哉に、宇崎の極稀《ごくまれ》な大人らしい判断は崩壊した。

「すみません。お恥ずかしいところを」

「いや、そんなことないさ。俺もお前の家族になりたくなった」

「え？」

「そしたら同じようにキスしてもらえるんだろう？　おまじないってやつを」

宇崎は、ここぞとばかりに匠哉の当てつけを逆手《さかて》にとって、目の前で佐藤を口説《くど》いた。

「柚希、俺と本気で付き合え。このまま本物の恋人になれ」

佐藤はくりくりとした双眸《そうぼう》を見開き、瞬時に頬を赤くする。

「俺は、ここで一日一緒に過ごして、お前と匠哉と三人で幸せになりたくなった。なんか二人より三人のほうが愉快そうだし。あいつ面白いし可愛いし。お前と一緒にあいつの成長が見たくなった。守ってやりたくなった」

「――――っ」

誰が見ても佐藤が宇崎に落ちているのは明白だった。

偶然聞き耳を立ててしまった周囲のお客や職員たちも、今の宇崎の言葉がシングルマザーにしか見えない佐藤への愛の告白であり、また堂々たるプロポーズだとその場で理解し、心の中で拍手喝采《かっさい》だ。

しかもここまで聞いたら、何が何でも「はい」とか「イエス」とか、佐藤の快《こころよ》い返事も聞き出したい。ささやかながら、劇的な瞬間の立会人になりたいという欲も湧《わ》く。

「な、なんだと！　宇崎、テメェ」

「ほら、坊や～。お兄さんが順番変わってあげるよ」

その結果、宇崎には予期せぬ伏兵《ふくへい》たちが現れた。

「あ、私も～」

匠哉は金切り声をあげたと同時に、見ず知らずの客たちからジャンプの順番を譲られるという大きなお世話を受けて、佐藤の元から放された。

「いや、ちょっと待って、僕はあいつに話がっ」

「ほらほら、先に飛んでいいよ」

それも一人や二人ではない。前にはまだ十人やそこらはいただろうに、全員が愛想笑いをしながら、匠哉を最前に押しやっていく。

「さ、坊や。あとがつかえてるからね。頑張って行っておいで」

最後は職員までもが二人の立会人になることを望んだのか、匠哉にテキパキとジャンプ用の装具《そうぐ》を着ける。

「はい、頑張って頑張って～」

笑顔でジャンプ台から匠哉だけを、一足早く地上へ追いやった。

「ぎえ――――えっっっっっ」

翼を持たない匠哉は、一瞬のうちに地上へ落ちた。

「っっっっっ」

びよんびよんと伸び縮みするゴムに苛《さいな》まれながらも、どうにか心臓のほうは持ちこたえたが、膀胱《ぼうこう》のほうはもたなかった。

「ふ、ふざけやがって、あの野郎っっっ」

八才児だけに、不名誉なおもらしをしてしまって、ぎゃんぎゃん泣きわめく羽目《はめ》になった。

「ってか、ここの奴らは僕を殺す気か！　全員宇崎の社員だったたんじゃねぇだろうな！　そうだったら、一生許さないぞっっっっ」

こんなに泣いたのは、五年ぶりだった。

いや、もしかしたら両親の葬儀《そうぎ》以上かもしれない。

「馬鹿っっっ」

それなのに、どんなに叫んだところで、いまだに上にいる佐藤や宇崎には届かなかった。

とうぜん、「はーい。大成功」と言って済ませた職員にも届くはずがない。

「駄目か？」

宇崎は匠哉がそんなことになっているとも気付かずに、佐藤に優しく微笑んだ。

「――――……宇崎さん」

佐藤は佐藤で、真っ赤になったまま名前を呼ぶので精一杯だった。

『これは夢？　今度は、白昼夢《はくちゆうむ》？』

それでも頬を染めた佐藤の顔から、宇崎に対する嫌悪は全く見られなかった。

周りからすれば、その顔だけで今後二人は連れ添うことになる、三人で新たな人生を歩むことになるだろうと想像ができて、何やらほんわりとした気持ちになった。

5

夢のような一日が終わっても、佐藤はまだ夢心地だった。

『二人じゃなくて、三人で…。匠哉《たくや》のことも可愛いって…。信じていいのかな』

さすがに素面《しらふ》で、それも太陽があるうちに向けられた告白は鮮烈だった。

始めは白昼夢かとも思ったが、それなら佐藤があの場で匠哉のズボンやパンツを洗う羽《は》目《め》になることはなかっただろう。

宇崎にしたって、自分のジャケットをおしり丸出しになった匠哉に貸して、そのまま抱えて子供服を買いに行くという、可笑《おか》しなことにもならなかったはずだ。

『でも、実際匠哉とずっと一緒にいてくれたし、楽しそうに話してたし。意外に匠哉のほうも懐《なつ》いていたから、もしかして――――少しぐらい希望を持ってもいいのかな？』

それより何より佐藤の前で、二人は確かに仲良しだった。

たとえ小声でどんな内容の悪態《あくたい》を付き合っていたかは別にしても、佐藤には二人が耳打ちし合う姿だけでも十分仲良しに見えたのだ。

しかも、年頃からすれば宇崎と匠哉のほうが親子と言っても不自然ではない。ある程度大きくなっている匠哉を抱《かか》えるにしたって、自分より宇崎のほうが父親らしく見えて、なんだか不思議な気持ちになった。

佐藤は、「お前と匠哉と二人で幸せになりたくなった」と言った宇崎を、そんな姿から信じていいのだろうかと思い始めたのだ。

ここは確実に宇崎の作戦勝ちだ。

しかし、浮かれた佐藤に背中を向けてパソコンに向かい続けていた匠哉は、猛烈に怒り狂っていた。

月曜の今日が、たまたま創立記念日で学校が休みなのをいいことに、復讐する気満々で東証《とうしょう》の開始時刻を待ちかまえていたのだ。

『ちくしょう、宇崎の野郎っ。最後は体力勝負できやがって、なんて大人げないんだ。あんな奴の会社なんか、僕が乗っ取ってやる！　こうなったら外堀《そとぼり》埋めるためにも、周りの会社の株から押さえて…、あれ？　伊丹《いたみ》建材って何かあったっけ？　いつになく終値が上がってるけど…、買いが目立ってるのは、ここ数日だな…』

ついついいつもの癖《くせ》で、わき目もふらず――――とはいかなかったが、それでも匠哉は自分流の復讐を果《は》たさんがために、宇崎建材に絡みそうな会社の株に目をやった。

『何か、これから起こるのか？　もしかして新商品でも出るとか、それとも特許でも申請中？　よし、抑えとこう』

たまたま目に止まった会社の株を買おうと決めたのは、これまでに培《つちか》ってきた直感だったが、その他には宇崎建設の子会社などに目を向けた。

『あとはここだ。この、絶叫遊園地。こうなったら、株主の一人になって、あのバンジージャンプだけは抹殺《まっさつ》してやる』

私恨《しこん》も交えて、買う予定のなかったものにまで目をつけた。

「じゃ、会社に行ってくるから。いくら学校が休みだからって、パソコンで遊んでばかりいたら駄目だからな」

そんなこととは露《つゆ》知らずに、佐藤は匠哉が大好きなネットゲームでもしていると信じて疑っていなかった。

「はーい。いってらっしゃい」

ゲームといえば、壮大なマネーゲームであることに間違いないだろうが、よもやバンジージャンプの衝撃でおもらしをしてしまった八才児が、東証の前場《ぜんば》の開始を待って、指を鳴らしているとは思うまい。

そんなことのために、パソコンを買った訳ではない。

これはあくまでも、佐藤が持ち帰り仕事のときに使い、匠哉が借りるときは遊戯《ゆうぎ》用だ。

もしくは宿題の調べ物に使うなどの、至極《しごく》当たり前な用途のためだ。

ハッキングを覚えるのと同じぐらい、株式に首を突っ込むなんて、論外中の論外だ。

「――――何？　こんな時間に。宅急便か？」

と、こんな忙しい時に限って、インターホンが鳴った。

無視しようと思えば無視できたが、受け取りぐらいなら大した手間でもないだろうと、匠哉はパソコンの前から離れた。

「はーい」

すでに自分が買いを決めた銘柄《めいがら》に関しては、仲良しバイヤーにメールを打っていた。

万が一にも買い漏らしはない。やばいと思う時には、向こうの判断で売ってもくれる。

そのあたりの信頼は完璧なので、匠哉は安心して席を立てたのだ。

「どうも〜。九条ですけど、おはようございまーす」

「――――は⁉」

が、だとしても、八才にして株を操る天才児にも、さすがにこの展開は読めなかった。

「柚希《ゆずき》ちゃんは、当然お仕事かと思うけど。彼の今後の幸せのためにも、ちょっと君にお話があるの。聞いてくださるかしら？」

突然自宅を訪ねて来たのは、九条《くじょう》財閥の一人娘・梨都子《りつこ》。匠哉も一度面識がある、宇崎の縁談相手だ。

まだ一カ月も経っていない記憶をたどるなら、梨都子には宇崎と結婚の意思はない。そう宇崎は言っていた。

宇崎を佐藤から引き離し、良家の娘と結婚させようとしているのは、宇崎の父一人であって、そこをどうにかしたいから「恋人役なってくれ」と宇崎は佐藤に迫っていたはずだ。

そして、結局そのまま本気になってしまい、昨日のプロポーズに至《いた》ったというのが、匠哉でも理解している二人の恋の展開だ。

「はい。じゃ、どうぞ上がってください」

「ありがとう」

だが、この期《ご》に及んで、もとの縁談相手が現われた。

どんなドラマでも、こんな時のパターンで、いい話に転がるところなど観《み》たことがない。

しかも、「佐藤の今後の幸せのために」と言われて、匠哉は思わず固唾《かたず》を飲んだ。

真剣に考えた。

梨都子の気が変わって、宇崎と結婚するから、佐藤には消えてくれとでも言うのだろうか？

それならそれで匠哉には好都合だが、それが佐藤にとっての幸せなのかは、匠哉が判断していいことではない。ましてや昨日の今日では、いくら宇崎に復讐を誓った匠哉でも、こうしてまったくの第三者から横やりを入れられれば、カチンとも来た。

宇崎を不幸にしていいのは、復讐権を持つ自分だけであって、他の誰でもない。ましてや佐藤を幸せにするのも自分であって、他の誰かに手を借りる必要もない。

「あ、これ。お土産よ。あなた好きでしょう、赤坂プレジデントホテルのケーキ」

「え!?」

しかし、そんな思いが明確になればなるほど、匠哉はこれまでには感じたことのない警戒心を梨都子に覚えた。

宇崎には全く感じなかった緊張を、笑顔でケーキの箱を差し出す梨都子には覚えた。

一方、佐藤は――――。

『なんだ？　なんの騒ぎだろう』

出社と同時にただならぬ気配を感じて、同じ営業部の先輩に声をかけた。

「どうしたんですか？　何かあったんですか？」

「あ、佐藤。小野《おの》ホームが倒産したんだ」

社内が騒然となっていた訳を聞かされ、開口一番「え!?」と漏れた。

「小野ホーム!?　それって、うちのお得意様の一つですよね？　確か今年に入って、かなり大口の納品をしたところで…。みんな、大喜びしていたところですよね!?」

背筋が凍る。嫌な予感がした。前職会社が潰れてしまい、一度は職を失くした佐藤には、これと似たような経験があったのだ。

「ああ。そうだ。それだけに、このままだと巻き添えを食《く》う。売上回収できずに、支払いが滞《とどこお》ったらうちもアウトだ。社長や専務が初めて真っ青な顔を見せたよ。どうやらうちの手形《てがた》がトドメを刺したみたいでさ」

「うちがって…。そんな、だったらどうして事前に相談をくれなかったんですか!?　そしたら、引き落とし日の相談ぐらいできたでしょうに…」

商売を始めるにあたり、どこの会社でも最初に持つのは、会社専用の銀行口座だ。

それも会社専用の当座預金で、これを通して会社は運転資金を出入りさせる。

当然、受け取りも支払いもこの口座がメインになるので、ここに預金がなくなった、もしくは足りなくなって本来なら引き落とされるものが滞った場合、一度目はイエローカードで済むが二度目は事実上倒産ということになる。

たとえ入金と出金のタイミングの問題で引き落としが間に合わなかったという事態になっても、支払い日をしるした約束手形が期日通りに決済《けっさい》出来なければ、会社運営は成り立たないと判断されるのだ。

「だから、計画的だったんじゃないのかって言ってたんだ。小野の社長はすでに破産宣告して行方《ゆくえ》をくらませたらしいし、今日にでも管財人が入るって出来過ぎだろう？　それなのに、こっちの支払日は明日だ。小野の仕事が大きかった分、仕入れの支払いも大きいから、一時金で虎の子叩いたとしても口座が埋められないって。社長も専務も半狂乱だよ」

しかも、今回のパターンは悪質だった。

佐藤が前職で味わった連鎖倒産での巻き添えのほうが、まだ納得がいく内容だった。

前職では、先に倒産してしまった会社の社長は、迷惑をかけた関連会社に土下座をして回っていた。

決して逃亡などしなかったし、そもそもの商売だって真面目にやっていた。

が、真面目すぎて心ない知人に騙《だま》されたのだ。

勝手に借金の保証人にされてしまい、自分が借りたわけでもない多額な借金のために、会社まで潰す羽目になってしまった。そしてその結果、取引が長く関係が深かった関連会社二社を巻き込んで倒産に至った。

佐藤が勤めていた製菓会社が、巻き込まれたうちの一つだ。

「そんな。事情を説明して、取引先に待ってもらうことはできないんですか⁉　理由が理由だし。日にちさえあれば、どうにかなりますよね？　まだ、別の会社からの売り上げも入るし」

「ああ。だから、パニック起こしながらも、社長たち重役が交渉に行ったよ」

「そうですか…」

佐藤には、どうか前職と同じ目には遭わないでほしいと、祈ることしかできなかった。

こんなときに自分は無力だと感じる。

だが、佐藤の立場でできることなど、限られている。事態を知った取引先が説明を求めてきたら、今の先輩たちのように説明をする。現在社長以下全社員が最善を尽くしておりますので、と、誠心誠意伝えることぐらいだ。

「それにしたって、ついてないよな」

「どうにか乗り切りたいよ。〝和彩〟の販売展開もこれからってときだし」

「佐藤も頑張って宇崎のデベロッパーなんていう、超大口もゲットしてきてくれたしな。美澤建材の商品が世に出るのは、本当にこれからだし。な、佐藤」

「はい…」

そんな一日だっただけに、この週明けは気が重かった。

『仙道先輩はもっと辛い…。社長たちはもっと必死だ。弱音は吐けない。少しでも出来ることをしなきゃ――』

誰もが出払った社長以下幹部たちの吉報《きっぽう》を待っていた。

その半面、電話が鳴るたびにビクビクした。

報告を受けるたびに失望も覚えた。今はどこもギリギリで回っている自転車操業が少なくない。美澤と付き合いがあるような中小企業ではなおのことだ。

だからこそ小野ホームの倒産が痛い。宇崎建材から仕事が取れたことが大きかった。

佐藤たちは刻々と過ぎて行く時間の中で、一筋の光が差し込むことを待ち望み続けていた。

「回避した。どうにか回避したぞ」

しかしその日の夜、社長や幹部たちの一大決心のおかげで、美澤建材は最悪な事態だけは回避できることになった。

「やった！」

「よかった」

ただ、それには大きな代償《だいしょう》を払った。では、どんな決断が功を奏し、また代償を払った

かと言えば、

「え⁉　〝和彩〟の製造・販売権を伊丹建材に売った⁉　これからアレンジ加えて宇崎に下ろす予定なのに、売ってしまったんですか⁉」

　くわしい話は明日にでもということだったが、佐藤はその日のうちに仙道から事情を聞かされた。

「ああ。苦肉の策って奴だな。銀行融資を頼むにはあまりに時間がない。いや、時間があったところで、現状の美澤じゃ、融資が降りるかどうかもわからない。だが、今日の明日ではどうにもならない。渡りに船とばかりに話を持って来られて…、親父や専務も泣くに泣けない状態でさ――」

　ただただ驚き、そしてどこからともなく怒りがこみ上げた。

「そんな。それって言い方は悪いですけど、火事場泥棒じゃないですか。先輩が何年もかけて開発したのに…。社長のために、いずれここに勤めるためだけに、大学時代から研究し続けてきたのに…。それを横から！」

「それでも売れるものがあっただけ、まだマシだ。これがなければ、うちは倒産だった。お前も、みんなにも辛い思いさせなくて済むだろう」

　それでもヒステリックになることがなかったのは、佐藤よりもっと辛い思いをしているはずの仙道が、かろうじて笑っていたからだった。

「すでにお前は、こういう巻き添え倒産くらって、給料踏み倒されて放り出された経験があるから、わかるだろうけど。小野ホームからの売り上げ回収は、もう見込めないんだ。けど、だからってうちが仕入れ先を踏み倒す羽目になったら、うちが倒れるだけじゃなく、連鎖倒産しかねない。それぐらい今回のは大きかった」

最悪な事態を食い止められたことを、まずは評価しよう。今はそれだけを見て、そして精一杯頑張った自分たちを褒《ほ》めようと、無理にでも笑っていたからだった。

「だったらここで踏みとどまって、次へ繋げるほうが有意義だ。それに、製造・販売権は売ったが、特許そのものは俺が持っている。〝和彩〟は会社単位で取ったものじゃなくて、じつは将来を見据えて俺個人の名前で取ってあるから、たとえ今この場で主力商品の一つを手放すことになったとしても、今後アレンジして特許を取り直すことが可能だ。そして売ったものより数段良いものを美澤建材から出し直す。そういう未来や希望までは売ってないから、そこに懸けるしかないけどさ」

「先輩…」

もちろん、いくら未来を見据えてとはいえ、こんな事態のために特許を個人名で取ったわけではないだろう。本来なら会社名義で取っておかしくないものを、あえて仙道の名前で登録したのは、仙道自身が入社以前から研究し続けてきた実績と功績への証《あかし》だ。

それと同時に、これまで離れて暮らしていた息子の知的財産を社長が、父親なりに守りたかったのではないかと、佐藤は思っていた。

「ぶっちゃけちまうと、宇崎から貰った契約が今の商品じゃなくて、アレンジ指定がかかったもので助かったんだよ。本当、何が幸《さいわ》いするかわからない。これがあるから俺や親父たちも今回の製造・販売権を手放すことに踏み切れたんだ。そうでなければ、どうなっていたことか——」

だが、なんにしても様々な要因が重なり、美澤建材は難《なん》を逃《のが》れた。

社員も路頭に迷わずに済んだ。

今の〝和彩〟は手放すことになったが、近い未来にリニューアルされる〝和彩〟は、まだ手元に残っている。

「ありがとうな、柚希」

「そんな…」

仙道は心から佐藤に感謝してくれた。

「ただ、こうなると何がなんでも宇崎からの受注品を完成させて、無事に納品しないとならない。こっちも頑張るから、お前も宇崎建設のほう頼むな。一応、製造・販売権譲渡《じょうと》の話はしといたほうがいいと思うし、次は俺も同行するからさ」

今後の展開の重要性を明かした上で、協力を求めてきた。

「はい。お願いします」

それを受けて佐藤は、翌日には宇崎に連絡を入れた。

そして本来なら月曜にとっていたアポイントメントをキャンセルしてしまったことを謝罪した上で、改めて仙道と共に会いに行く約束を取り直した。


佐藤が仙道と共に宇崎の元を訪れたのは、週末になってからだった。

到着すると佐藤は、本日も応接間に通された。

美澤建材が小野ホームの倒産に巻き込まれ連鎖倒産の危機に瀕《ひん》したことは、すでに業界では周知《しゅうち》だった。

「――――本当に苦肉の策だな」

それを回避するための手段に〝和彩〟の製造・販売権の譲渡だったということも噂になり始めていた分、宇崎の口調もいつになく重いものになっていた。

「はい。ただ、それとお約束の日に来られなかったのは別の問題ですので。本当に先日はすみませんでした」

「いや。その状態で価格交渉に来いと言ったところで、無理なのはわかるさ。きちんと連絡も貰っていたし、そこは気にしなくていい」

佐藤に同行し、直接説明した仙道を見つめて、こればかりは声のかけようもないという顔もした。

「ありがとうございます」

少なくとも宇崎は建築士であり、デザイナーだ。すでに出来上がっている商品を売るのを使命としている佐藤よりも、仙道の無念さが理解できるのだろう。

そして仙道もまた、何もないところから家や町を造り出す宇崎にだからこそ、会社では見せなかった悔《くや》しそうな顔も、わずかとはいえ覗《のぞ》かせたのかもしれない。

「とりあえず、発注は決めたことだし、あとは任せるからよろしく頼むよ」

「ありがとうございます。必ずご期待に添える物を造り上げて、ご指定をいただいた期日通りに納品させていただきます」

事情をすべて承知した上で、任せてもらった喜びは大きい。

佐藤は仙道と目配せをすると、少しだけ肩の荷がおりた。その分仙道に負担が行ってしまうが、そこはできる限りサポートしていければと、今だけは考えるしかない。

「室長、よろしいですか？」

話がひと段落したときだった。

「なんだ？　こっちは終わったぞ」

「では、少しお時間をよろしいですか。専務が至急、お話があるそうです」

声をかけて来たのは道場だった。

「専務から？　なんだ、いきなり」

「伊丹建材の社長と営業部長が揃って、例の販売権を得たばかりの外壁板を破格値で売り込みに来たそうです。それで、室長にも同席をと…」

道場は佐藤たちがまだ部屋にいるにも拘わらず、宇崎に至急の内容を伝えてきた。

それを聞いて、佐藤と仙道は思わず奥歯を噛む。

「ほー。自社製品で一度はお断り食らった会社に、よく来たな」

宇崎は「なんて厚顔無恥《こうがんむち》なんだと」言わんばかりの口調だっだが、佐藤や仙道が何か言いたげな顔をすると、ここはぴしゃりと言いきってきた。

「製造・販売権を譲渡したんだ。これは正当な営業だ。ただ、伊丹は美澤とは比べ物にならない大手だ。ってことは、この先〝和彩〟シリーズで価格競争を仕掛けられたら、どんなにいいものを作ったとしても、美澤の未来厳しいぞ」

仕方がなかったとはいえ、一度商品を手放せば、こういうことになる。

「そもそも、あれにプラスα《アルファ》を望んだのは俺だからであって、大概の会社なら今のままでも十分だと判断する。それぐらい〝和彩〟はすでに良くできた外壁板だ。いったいいくらで手放したのかはわからないが、伊丹はそうとう安い買い物をしたと思うぞ」

〝和彩〟の出来がいいだけに、今後はこれまで以上の苦労と覚悟がいる、今から腹を括《くく》っておく必要があるぞと、力強く言い放ってきた。

「まあいい。これも勉強の一つだと思って、二人とも一緒に来い。伊丹がどんな交渉をしてくるのか、特別に聞かせてやる」

だが、それだけでは終わらないのが宇崎という男だ。

「え？」

「さ、こっちだ。来い」

宇崎は佐藤と仙道を誘導すると、自分の兄であり、宇崎建設の専務でもある長男の元へ同行させたのだ。

「この部屋から聞いていろ。ただし、絶対に音は立てるなよ。ここから聞こえるってことは、向こうにも聞こえるってことだからな」

そうして専務室の続き部屋に二人を待機させ、自分は道場と共に伊丹建材の社長と営業が待つ専務室へ入っていった。

そこから先は、聞こえてくる声だけを頼りに、佐藤たちは中の様子を窺うしかない。

「失礼します。お呼びでしょうか」

宇崎の声がすぐに聞こえて来た。

「ああ、ちょっとお前に相談があるんだ。直に着工するデベロッパーの件だが…」

「伊丹建材さんがどんな御用で？　以前、お断りしましたが」

宇崎は専務に紹介を受けるも、シラッと言ってのける。相手もさぞやりにくいだろう、佐藤は見なくても想像がついた。

「実は、改めてご検討願いたい商品がございまして」

それでもすぐに交渉は始まった。

「これだ。お前が発注を決めた美澤の外壁板と同じものが、今度伊丹さんのところでも販売されることになった。だが、価格がそうとう違う。我が社としては伊丹さんから購入して、少しでも安価で済ませたいんだが。もちろん、賛成してくれるよな」

専務はこの話に乗り気らしく、完全に伊丹建材の後押しに回っていた。が、これは仕方がないことだろう。誰だって買い物は安いほうがいいに決まっている。佐藤や仙道が足掻《あが》いたところで、宇崎が言ったことがすべてだ。

たとえここで宇崎に心変わりされたところで、奥歯を噛むしかない内容だ。

「それは、私が希望した品と同じなら、安価に限ると思いますが。生憎《あいにく》こちらが発注を決めたものは、それとは別の物ですから」

だが、宇崎は決して現状の〝和彩〟のままでは納得しなかった。

「別の物だ!?」

「ええ。私は美澤に、これをベースとした宇崎専用のオリジナル外壁板をオーダーしてるんです。なので、これを持ってこられても……」

たとえ価格が大幅に下がっていたとしても、伊丹のものになってしまった〝和彩〟に心変わりもしなかった。

「ならば、その特注品をうちで作らせてください。価格はこちらの品物同様、できる限りのことは致します。ですから」

「うちで作るって、どうやって？　誰が作るんですか？　これはもともと美澤建材が作ったもので、特許も社員個人が持っているものじゃないですか。まさか、販売権を得たからといって、商品そのものまで自由にできると思っているんですか!?　これをベースに勝手に改造加工して、新しい自社商品として売り出すつもりじゃないでしょうね。元の制作者の許可もなく」

それどころか、食い下がってきた伊丹建材の社長や営業部長相手に嫌味を炸裂だ。言い回しこそ違うが、その内容はと言えば、「お前らはどこまで図々《ずうずう》しいんだ」「〝和彩〟を盗作する気か?」というものだ。

「何を言われるんですか。販売権の有無《うむ》は別として、すでに存在している商品を自社で改造して新しいものを生みだしていくのは、どこでもやっていることじゃないですか。うちの技術者だって、美澤に決して勝るとも劣らない者が揃っております。ご要望に沿えるものをより安価で作ることができるんです」

さすがにこれには、伊丹のほうも反論した。

「そうだぞ、嘉寿《よしひさ》。ここは伊丹さんに乗り換えても、罰は当たらないだろう。もちろん、美澤のほうが価格を同等にまで下げてくれるなら、別にこのままでもいいが」

専務も宇崎の言いっぷりに、内心頭を抱えていそうだ。かなり声が上ずっている。

「それは、数字でしかものを見ない兄さんならそうでしょうね。ですが、生憎私は経営者ではなくクリエーターですから。自分が手がけるデベロッパーに紛《まが》い物は要《い》りません」

だが、その後も宇崎の伊丹へのめった切りは続いた。

「まっ、紛い物だと!?」

「そうです。オリジナルが美澤の商品である限り、伊丹が何をしたところでコピー商品ですよ。価格を下げると言うことは、製造も中国か東南アジアの工場に外注、大量生産するんでしょうが。それで、何かあったさいのアフターケアはどこの誰がするんです？　伊丹のほうで責任取ってくれるんですか？　それとも製造元と責任の擦《なす》り合いですか？」

佐藤たちが聞いていても、大丈夫かと思うほど、言いたい放題だ。これでは専務や道場の立場もないだろう。宇崎の暴れっぷりは半端ない。

「そこは我が社できちんとします。そんな無責任なことは致しません」

それでも伊丹の社長や営業部長は、辛抱《しんぼう》強く応答していた。

「だとしても、国産とは名ばかりの海外産など、〝ラビットハウス〟には使えない。何せ、私のコンセプトは〝ウサギ小屋の何が悪い〟です。すべてを国産にこだわって完成されてこそが〝ラビットハウス〟ですから」

「なら、我が社も自社で製造すればなんの問題もないじゃないですか」

かなり語尾が荒くなってきたが、それでも最後の最後まで踏ん張っている感があった。

「おたくが自社で、この安価でやったら、間違いなく赤字になりますよ。使われている素材から加工の過程まで、きちんと理解してるんですか？　それこそ大量生産すればするほど赤字になる典型商品ですよ、こんなのは。ようは、国内でこれを作ろうと思ったら美澤が提示してきた料金が最低額でしょう。そんなこともわからないんですか？」

「っ……」

しかし、よほど痛いところを突かれたのか、とうとう黙った。

その様子に仙道は、ここぞとばかりに勝ち誇ったような顔をした。

「それに、私がなぜ今回美澤の外壁・内壁材を選んだかと言えば、国内の自社工場で生産しているのもありますが、それ以上に日本という国に根を張って生きる心意気に共感したからです。日本全国の土地の気候に合わせて、微調整して作られているところが多いに気に入ったからです。ようは、どんなに販売権を買い取ったところで、制作者の思いまでは買い取れないし、他人が売ることなんて、できないということです」

そのまま宇崎の真意を聞き続けると、感無量だったのか、少し俯《うつむ》いた。今にも男泣きしそうな目をして、肩を、その手を震わせる仙道に、佐藤は胸が痛くなる。

が、同じぐらい、熱くなる――――。

「ご理解いただけましたら、お引き取りください。私の作る世界に紛い物はいらない。ましてや、自社開発に行き詰《づま》ったからと言って、平気で他社から商品を買い取ってくるような厚顔無恥な方々とは、付き合う気にもなれないのでね」

佐藤はこの件に関して、宇崎が自分ごとのように憤慨していたことを痛感した。

これが宇崎の正義感の現われなのかどうかはわからない。しかし、佐藤は宇崎の言葉の端々から、お前たちの何もかもが気に入らないという拒絶さえ感じた。

佐藤たちには「商売としては正当だ」と言いつつも、割り切ることのできない憤《いきどお》りを覚えているのだろうことが怖いほど伝わってきて、佐藤は衝動的に両手で口を抑えた。

「――――おいおい、勝手なことばっかり言ってるんじゃねぇよ。こっちは倒産するかもしれない美澤に、助け船を出してやったんだぞ。だったら金だけ貸せばいいと言うかも知れんが、うちは銀行じゃねぇ。ましてや、銀行だって貸すかどうかわからない会社相手に、金を出せるほど酔狂《すいきょう》じゃねぇんだよ‼」

すると、宇崎の態度にとうとう激怒した伊丹側から怒声が上がった。

「こっちが今回の製造・販売権を購入したのは、正当な商売だ。それ以上に、同情と誠意あっての恩情《おんじょう》だ。それを、まるで泥棒猫言いやがって。よっぽど噂の恋人にでも、変な入れ知恵をされたのかね～。美澤の営業マンと出来てるらしいが、色気《いろけ》と仕事を一緒にしてんじゃねぇよ。名誉棄損《きそん》で訴えるぞ、この若造が！」

おそらくこれは伊丹の社長だ。

宇崎によって曝《さら》された本性からは、何一つ品《ひん》を感じない。まるでやくざの喧嘩《けんか》だ。

佐藤は完全に硬直してしまっている。

「どうぞ。ただし、司法が絡んで困るのは私ではなく、そちらだと思いますが」

それでも宇崎の態度は一貫していた。むしろその声に余裕さえある。

「なんだと!!」

「いい加減にしろ、嘉寿！」

相手を煽るような発言を専務が制した。

一瞬部屋が静まり返る。

ただならぬ緊張が佐藤や仙道の元まで伝わってくる。が、そんな中でいきなり宇崎がクックッと笑い声をもらした。

「ところで専務は、伊丹の株が昨日今日で可笑しなぐらい値上がりしていることに、気付いてますか？　まるで新商品の販売ができるようになり、それがヒットすることを想定しているように、かつてないほど買いが先行してるんです。おそらくは、身内買いだとは思いますが」

嫌味っぽい口調は増すことがあっても、留まるところを知らない。

「貴様、何が言いたいんだ！」

「あと、知り合いに頼んで追跡してもらったところ、小野ホームの社長さんは今、軽井沢にいるそうです。それもなぜか伊丹さんの別荘に。これはどう言うことなんでしょうね」

それどころか、「なんだと!!」と、二人揃って叫びそうになったのを、佐藤と仙道は互いの手で抑え合う。

「しっ、知るか、そんなこと!!」

バツが悪くなったのか、伊丹の社長の声が上ずった。

「でしたら、急いで不法侵入で訴えないと。あ、私が連絡しましょうか。現地に知り合いの警察官がいるので、電話一本で済みますが」

「けっこうだ。もういい。帰る!!」

「それは、それは、ご苦労さまでした」

慌ただしく席を立つ音が聞こえ、部屋を出て行くのがわかる。

バタンと閉められた扉の音に、佐藤と仙道は今一度会話をふり返った。

「っ…。おい、嘉寿。今のはどういうことだ」

二人の疑問は専務の疑問でもあったのだろう、すぐに代わりに問いかけてくれた。

「どうもこうもないって。勘の働く投資家の友人が、どうも伊丹建材の株が変だって教えてくれたんだよ。まるで美澤から販売権を買い取ることがわかっていたみたいな値上がりをしてるんだけど、もしかして小野ホームと繋がりがあるんじゃないかってさ」

すると宇崎は、友人から情報を得ていたことを専務に伝えた。

「――――あ。もしもし。俺だ。伊丹を突いたから、手放すなら今だぞ」

その合間に、どこかへ電話をかけてる。

声だけを追うしかない佐藤たちは、顔を見合わせるばかりだ。

「ああ。ああ。大丈夫だ。じゃ、また改めて」

「嘉寿!?」

だが、こればかりは宇崎を前にしている専務でも、同じような戸惑いしか生まれないようで。こうなると、宇崎の言葉の意味をすべて熟知《じゅくち》しているのは、何一つ発することのない道場だけかもしれない。

「情報をくれた友人は、株価が動き始めて、すぐに買ったらしいんだ。だから、今売る分にはそこそこ儲《もう》かる。というか、今売らないと、せっかく買ったものがただの紙切れになるだろうから、それをお礼がてら知らせたんだ」

と、今度は携帯電話の着信音らしき音がした。佐藤たちも、次第に中の様子を視覚でも知りたいと欲求が起こってくる。

「――――小野社長と伊丹社長が繋がっていた裏が取れたみたいだ。これから小野社長を重要参考人として引っ張るらしい」

どうやら今のは電話ではなく、メールの着信音だったらしい。

送られてきたのは軽井沢からの最新情報だろうか。宇崎の言葉通りなら、民事どころか刑事事件に発展するのかと、佐藤はますます混乱するばかりだ。

「っ、嘉寿。お前はいったい、何を…」

「大学の同期の中に上級公務員がけっこう居るんで、せっかくのネタだし、そっちにも流しただけだ。もちろん、これは仮説だけどって断りを入れてさ」

少し落ちついたのか、宇崎の声色が変わってきた。

「ただ、仮説が大当たりしたのは誰のせいでもない。悪事を働いた当人たちのせいってことで、俺は何も関係ないけどな」

小野ホームや伊丹建材に対しては、ただただ呆れ切っていた。

「――――…っ」

「俺は、人の褌《ふんどし》で相撲《すもう》を取る奴は嫌いだが、そもそもそれを手にするために姑息《こそく》な手を平然と使う奴はもっと嫌いだ。それぐらい俺の兄貴なら、わかってるだろう」

計画倒産でも最悪だろうに、その裏で仕組まれていただろう悪質な企《たくら》みのために、宇崎は心底から憤慨もしている。

「そりゃ、経営を担《にな》う兄貴の立場や気持ちはわからないでもないけど…。でも、これからは安易な営業には乗らないようにしてくれ。安いのには訳がある。それ以前に、俺の理念を少しは理解して数字と照らし合わせてくれ」

そうして、そんな思いの断片は、自分の兄にも向けられた。

「〝ラビットハウス〟のコンセプトはどこまでも国産だ。ここで意地を張らなきゃ、日本製品の良さを今一度世界にアピールできない。地震大国日本で培われた技術は、世界でもっと評価され、また利用されていいものだ。俺は、和の良さを知ったからこそ、胸を張って世界へ出たい。宇崎建設を世界に飛躍《ひやく》させたい」

理解してほしい相手だからこそ感情も露《あら》わになるのだろうが、佐藤はここでまた一つ、宇崎の〝ラビットハウス〟に対する思いを聞くことになり、尊敬の念が高まった。

宇崎の視線は今も世界に向けられている。それは昔から変わっていない。

あの湘南の別荘をきっかけに、自分が手にした武器を変えただけで、以前よりも更に大きな目的へと成長しただけで、宇崎が目指しているのは始めから世界進出だ。

きっと今よりもっと大きな町づくりだ。

「――――わかったよ。すまなかった。お前が喜ぶと思ったから」

専務は宇崎の思いをすんなりと受け止め、特に気分を害した様子はなかった。

「それは、ありがとう。それに、独断で決定できるのに相談してくれたことには、感謝してるよ。特に、今回は」

「相手が〝うわさの美澤〟でなければ独断で切り替えたさ。けど、さすがに親父《おやじ》相手にお前が大奮闘してるからな。余計な恨《うら》みは買いたくなくて、気を遣ったまでだ」

それどころか、ここからは完全に私用だろう、これはもう家族内の会話だろうというものに発展してしまい、佐藤は仙道の手前恥ずかしくなってきた。

「それはどうも」

「愛情に関してだけは、同じ思いをしたからな。俺はお前が相思相愛の相手と結ばれるんなら、別にどこの誰でも構わないよ。本気で付き合おうっていう相手が出て来ただけでも赤飯《せきはん》ものだ。親父やお袋の勝手で、お前が結婚ってものに、一番トラウマを抱えていたのはわかってる。どんなに頑張っても兄貴じゃ母親の代わりにはなれないし、埋められないものがあっただろうからな」

本当に反対しているのは父親だけとわかったのは、いささか嬉しかった。が、それでも話し声がずいぶん近くなったと思ったら、とつぜん部屋の中扉が開かれた。

「ひっ！」

「――――ってことで、美澤建材の佐藤柚希くん。うちの愚弟《ぐてい》をどうかよろしく。親父のほうは私と常務でどうにかするから、君は安心して…、まあ…、嘉寿の嫁にでも婿《むこ》にでもなってくれたまえ」

全部聞いていたことまでバレていたと知ると、佐藤は父親とも宇崎ともよく似た専務を前に、ワタワタしてしまった。

「あ、あのっ」

「もちろん、無理なら無理で断ってもいい。何せあいつは愚弟なんでね」

「いえ、相手は俺ではなくて、彼なんで」

仙道にいたっては、専務に想定外の誤解をされて、笑うに笑えない状態にされている。

「あ、ごめん。失礼」

誤解とわかった専務は、隣にいた佐藤を見ると、満面の笑みを浮かべた。

それどころか、本気で「ああよかった。嘉寿が嫁に行くんじゃなくて」と、胸を撫で下ろして見せた。

「嫁って。んなわけねぇだろうが！」

とうの宇崎からすれば、いくら佐藤と初対面だったとはいえ、どうしたらそんなトンチンカンな誤解ができるのか、我が兄ながら苦笑するしかない。

終始噴き出すのを堪《こら》えていたのは、やはりここでも道場だけだった。

＊　＊　＊

小野ホームの倒産から始まった一連の事件が業界内に広まったのはあっという間のことだった。

「信じらんないよな、伊丹建材も。うちから〝和彩〟を買いたたくために、小野ホームに計画倒産を持ちかけるなんてさ」

「本当だよな。けど、あそこは大手だけど近年いい商品が出ていなかったからな。しかも、海外生産でコストダウンはしていても、仕上がりがいまいちで返品も多くなっていたって言うし。実際会社の中は火の車だったのかもしれないな」

当然のことながら、美澤建材のオフィス内でもしばらくはこの話で持ちきりになりそうだった。

「でも、こうなると、伊丹と〝和彩〟はどうなるかな」

「〝和彩〟の製造・販売権を買い取ったのは、一応正規の商談だからな。それがどうなるのかはわからないけど、伊丹のほうは間違いなく詐欺《さぎ》とインサイダーで起訴されるんじゃないか？　〝和彩〟の件だけなら、まだ言い逃れもできただろうけど…。欲を出して、株まで動かしてるからな。かなり悪質だろう、これは」

「だよな」

一度は連鎖倒産まで覚悟しただけに、美澤社員から伊丹建材へのバッシングは激しかった。美澤への大量発注から計画倒産までを引き起こした小野ホームに関しては、もともと伊丹社長に多額の借金があり、その肩替りにとして今回の計画に加えられたことが判明してからは、まだ風当たりが弱まった。

が、その分伊丹社長は凶悪犯罪者並みの扱いだ。自分たちが直接被害を受けた分、時には連続殺人を起こした犯人よりもひどい言われようだ。

やはり、当事者になって初めてわかる被害者の気持ちや立場なのだろう。そう言う意味では、前職で連鎖倒産を味わい、乗り越えた佐藤にも同情と関心がいっそう集まり、佐藤をこれはこれで複雑な気持ちにさせた。

「それにしたってすごいよな、宇崎嘉寿《よしひさ》は。伊丹と小野の繋がりやインサイダーまで、全部お見通しだったんだろう」

「それも凄いけど、知らん顔して営業に来た伊丹相手に〝紛《まが》い物はいらない〟って言いきったって言うんだから、あっぱれだよ。オリジナルは美澤のものであって、しょせん伊丹のものはコピーだって。なんか、それ聞いただけでも、ジンと来ちゃったよ」

「仙道くんも、開発者冥利《みょうり》に尽きたでしょうね。社長に報告していた時の高揚《こうよう》ぶりというか、興奮ぶりというか…。おかげでフィス内に筒抜けだったし」

「そりゃそうだろうな」

それでも、今回のことが発覚したおかげで、宇崎の評判はうなぎ登りだった。

佐藤はそれを耳にするだけで、微笑んでしまった。

「けど、このままいったら伊丹は潰れるよな。どんな凄腕《すごうで》弁護士がついて無罪や罰金程度に持っていったところで、今回のことが公《おおやけ》になれば、世間の投資家は一斉《いっせい》に離れる。そうなったら上場《じょうじょう》している株式会社は、そこで終わりだろうし」

「自業自得よ。世間を甘く見た結果よ」

「でも、だとしても、そういうふうに、宇崎が一人で追い込んだんだよな？　結局は」

宇崎は美澤建材にとっては、救世主だ。それは事件に拘わらず、いろんな角度から見ても間違いがない。ただ、それは確かなはずなのに、どうしてそこに歪《ゆが》みが生じるのか、佐藤には理解ができなかった。

「そうじゃない」

「それって、怖くねぇ？　うちぐらいの中小企業なら一《ひと》ひねりって気もするけど。実際、伊丹は大手だぜ。なのに、これだぜ…」

「まあ、考えようじゃない？　大手だからこそ、世間の風当たりも大きいわけだし…」

宇崎は無意味に弱いものいじめをするような人間ではない。

伊丹建材のことに関しても、誰のために何をしたと言うよりは、単純に伊丹のやり方が腹だたしかった。そこへ未確認の情報が流れて来た。これはと思い、確認のために動いた。それが当たってしまったのは本人が言ったように伊丹や小野が悪かっただけで、宇崎自身には何も非《ひ》はない。

それなのに、

「でもさ、話変わるけど。仕事を融通する条件で、佐藤のこと愛人にしたって噂もあるにはあるのよね」

「ああ。それって、表向きは九条財閥の令嬢と結婚。けど趣味は趣味で継続ってやつでしょう？　私も聞いたよ」

佐藤は未《いま》だにこんなことが囁かれる社内の状況に、そろそろ限界を感じていた。

「本当のところは、どうなんだろう」

「ん――――。このさい、佐藤がちゃんと付き合ってもらってるなら、まだいいけどさ。なんか、仕事のためにとかだったら最悪なんだけど」

もともとこれに関しては、腹が立っていたことに間違いないが、これだけの恩恵を受けて尚《なお》というのが、日ごろおとなしい佐藤にさえ憤慨《ふんがい》させたのだ。

「だよな。宇崎の言う事聞かなかったら、うちだって潰されかねないし。そしたら、佐藤が仕方なくって…、考えられるもんな」

「可能性は、ゼロじゃないもんな。今回みたいなのを見せつけられるとさ」

「そんなことありません!!」

佐藤は、気がつけば我慢の限界を超えて、オフィス中に響き渡りそうな声で怒鳴っていた。

「っ、佐藤」

「宇崎室長は紳士です。特に仕事に関しては、誰を相手にしても、責任とプライドを持って接しているだけです」

この時ばかりは、周りを気にする余裕もなかった。

「うちに仕事をくれたのだって、商品の確かさや作り手の気持ちに共感したからであって。俺は、営業に行って何一つ嫌な思いなんかしてないし、変な媚《こび》も売ってません。今回のことだって、たまたま宇崎室長のお友達に、いろんな伝手《つて》を持った方がいただけで…。それが、事件の真相解明に繋がっただけです。宇崎室長が暗躍《あんやく》したみたいに言わないでください。彼は何一つ悪いことなんかしてません！」

ここで誤解を解けるのは、自分しかいない。

そもそもここでまともに宇崎と面識があるのだって、自分と仙道ぐらいなものなのに、どうして会ったこともない人間たちが適当なことを言って、日々の話題にしているのかがわからない。

「佐藤…」

「…っ、佐藤くん」

これまで怒鳴ったことなどない佐藤の激昂《げっこう》だけに、周りも黙った。

「すみません。でも、これだけは、変に誤解されたくなかったので」

「いや、お前がそう言うならいいんだけどさ。けど、俺たちはお前のことが心配だから。万が一にも、自分だけ犠牲《ぎせい》にとかってやつは、やめろよ」

勝手な発言には謝罪もしてくれた。が、それでも根底にある心配だけは、彼らも本気で伝えて来た。

「そうだぞ。男が男にセクハラとか、絶対にさせるなよ。そうでないなら、まあ…個人的なお付き合いは、ご自由にって感じだけど」

どうしてそんなことが心配になるのか、佐藤には最初理解できなかった。

「…っ。はい」

たんに邪《よこしま》な目で見ているから、考えているから、そんな発想になるんだと一言で片づけてしまいたかった。

しかし、佐藤は佐藤で、同僚たちの良さを知っている。

彼らが入社当時から、まだまだ若い佐藤を快く受け入れ、また可愛がって面倒を見てくれたことも実感し、感謝もしている。

となれば、この誤解は、やはり好意から生まれた過剰な心配なのだ。

そして、どうして佐藤がそんな心配を彼らにさせてしまうかと言えば、それはひとえに佐藤が自分が思っている以上に、世間からは子供に見られているからに他ならない。

『セクハラ…。回りからは、そうとしか見えないんだろうな。俺と宇崎さんとじゃ立場や力の差がありすぎて。ううん、俺が子供に見えすぎて。だから宇崎さんばかりが悪く見られて、あんなふうに…誤解される』

匠哉《たくや》の存在を知っても、これに関しては、印象が変わらないかもしれない。

なぜなら、佐藤の中にまだまだ誰かに頼りたい、甘えたいという願望は確かに存在している。逆を言えば、日ごろから精一杯匠哉を育てているからこそ、自分より大人な人間たちしかいない会社に来ると、自然に安心してしまうことも否《いな》めない。

そしてそれを本能的にキャッチする先輩たちは、率先して佐藤を構う。心配もする。ようは、起きて当然の連鎖が起こっていたにすぎなかったのだ。

『こんなんじゃ、やっぱり付き合うなんて無理だよ。どんなに宇崎さんが本気で言ってくれても、宇崎さんばかりが悪く見られるような付き合いなんか、俺にはできない』

佐藤はそれに気付くと、もしかしたらこのまま三人で――という淡い恋心が、凍結《とうけつ》されていくのがわかった。

問題なのは自分に匠哉がいることじゃない。自分自身が、まだ宇崎に釣り合いのとれる人間に育っていないのだと悟って、悲憤《ひふん》ばかりがこみ上げた。

これに関しては、誰が悪いわけじゃないだけにどうすることもできなくて、次に会ったら「ごめんなさい」と言おう。「もう、恋人役もできない」と伝えようと、一人で覚悟を決めてしまった。

決別を伝える日は、思いがけず早くにやってきた。

それは六月最初の金曜日の夜だった。

「パパ。宇崎が明日の夜にパパと二人でご飯していいかって聞いて来たんだけど～。仕方ないからいいよって言ってやったからね」

いつの間にか勝手にやり取りするようになっていたらしい宇崎は、匠哉を先に口説《くど》いて佐藤をデートに誘ってきた。

「え？」

「これでパンツ買わせたことは、チャラってことで。あ、でも安心して。明日は道場《みちば》さんが僕と遊んでくれるんだって。いっぱいご馳走《ちそう》してくれて、ゲームも一緒にしてくれるって。だからパパもゆっくりしてきていいよ。もちろん、宇崎だけじゃ面白くなかったら、とっとと捨ててきていいけどさ～」

「――――……匠哉」

この用意周到《しゅうとう》なところは、実に宇崎らしい。

匠哉の言う「ゆっくり」が、果《は》たしてどの程度なのかは、恥ずかしくて聞けないが。

それでも道場を送りこんでくるあたりに、宇崎も勝負をかけて来ることが窺える。

秘書はそこまで面倒を見なくてはいけないのかと失笑しそうだが、彼の性格を考えると、この申し出は道場本人からかもしれない。

どんなにゆくゆくは三人でも、大人二人の時間は不可欠だろう。

そうでなくとも道場は、一度佐藤が宇崎の腕に陥落《かんらく》したのを知っている。そのまま流されることがなかったのは、匠哉の「お腹痛い」が原因だ。

「でも、楽しかったら、いっぱい遊んで来てもいいからね。道場さんがやろうって言ってた新作のゲーム、一気にやると丸二日ぐらいかかるから。場合によっては、ゲーム三昧《ざんまい》！　僕も堪能したいからさ～」

だから、その原因が二度と起こらないよう、最善の手を打ってきた。

そして勘の良い八才児は、大人の事情をそれとなく理解し、あえて駄々《だだ》を捏《こ》ねることもなく、思惑に乗っている。本心では、全く違うことを思っているかもしれないが、笑って送りだそうとしてくれている。

「ん。わかった」

佐藤は、そんな匠哉の頑張りに応えるためにも、ここは綺麗に決別してこようと思った。

明日が最後の晩餐《ばんさん》になるだろうが、だからこそ一生の思い出に変えられるように、潔《いさぎよ》い引き際を見せてこようと決めた。

会社帰りの佐藤が招かれたのは、宇崎が一人で暮らしている自宅マンションだった。

宇崎建材の本社からほど近い新副都心のタワーマンションは、佐藤にも予備知識がある宇崎嘉寿プロデュースの一棟だ。発売を決めてからあっという間に完売したことが、今の

〝ラビットハウス〟人気の先駆けにもなっている。佐藤が前々から、一度は見てみたいと願っていたマンションだっただけに、これは神様の悪戯《いたずら》か、それとも最後のご褒美《ほうび》かと、何やら複雑な気分が増すばかりだった。

「さ、今夜はゆっくりしような」

宇崎はリビングにディナーを用意し、まるで湘南での夜をやり直そうという気満々だった。きっとこのテーブル一杯に並べられたディナーも道場の采配《さいはい》だとは思うが、それにしたって至れり尽くせりで気持ちが揺らぐ。

相思相愛とわかっている相手に決別を言い渡す経験などないだけに、佐藤は案内された席についても、うかない顔をするばかり。乾杯の音頭を取ったあとも、せっかくの料理に手がつけられない状態だった。

「どうした。まだ何か困ってることがあるのか？」

普段と様子の違う佐藤に、宇崎はすぐ気付いた。

「いえ、おかげさまで社内のほうはすっかり落ちついてます。ただ…」

「ただ？」

「ごめんなさい」

「どうして謝る」

「いえ、なんとなく。宇崎さんに、いろいろとご迷惑かけてしまったので」

いっそ開口一番用件を伝えてしまおうかとも思ったが、簡単には言葉にならなかった。

佐藤は、やはり自分は子供なんだと感じた。相手に迷惑がかかるとわかっているのに、いざとなると離れたくない。綺麗に決別すると覚悟した言葉さえ切り出せないことに、何やら泣きたくなってきた。

「なんのことだか、さっぱりわからないな。それとも何か。今回のことで、あいつは影で何をしてるかわからない。どんな人間と付き合ってるのかもわからない。じつは一番の大悪党かもしれないぞとでも言われたのか、会社の同僚たちに」

「っ…!?　いえ、まさか」

すると、そんな佐藤から宇崎は察することがあったらしい。かえって佐藤がびっくりするようなことを言い当てて来た。

「隠さなくていいぞ。ようは、俺の動きが鮮やかに見えすぎたんだろう。伊丹のことといい、小野のことといい。うちの社内でも、その話はひっきりなしだ。しかも、勝手にアレンジがかかってて、俺は探偵建築士かって話から、国土交通省にコネを持つ建築業界の黒幕かって説まで流れてる。びっくりするぞ。道場なんか新しい噂を聞いてくるたびに、ぼやいてる。その想像力が仕事に生かせれば、もっと株価も上がるだろうにってさ」

だが、その後の話にはもっと驚いた。

確かに美澤の社内で騒ぐのなら、宇崎の社内で騒がないわけがない。騒ぐ内容に大差はあるが、どこにでも無責任な発言で盛り上がる族はいるということだろう。

宇崎は説明しながら笑っていた。このまま行ったら、どこまで自分が可笑しなことにされるのか、かえって興味が湧くと。

「人間なんて上手くできたもんで、どんなにあいつはすごい、優れていると思っても、その半面何かあるんじゃないかって勘ぐることも忘れない生き物なんだよ。特に、その人間の本質ではなく、外観ばかりに捕らわれていたら、尚更な」

そして、「だから気にするな」と言い含めて佐藤の肩に腕を回した。

愛おしげに抱きよせて、こめかみに唇を付けてくる。

「俺だって、出来過ぎた奴を見ると警戒する。ようは、それに拍車がかかった程度だ。気にするな」

今夜も宇崎は佐藤の隣に腰かけていた。三人掛けのリビングソファーの真ん中で、佐藤は決意のほどを切り出せないまま、宇崎の胸に溺れて行く。

「それに、俺って人間を知りもしない奴らと同じ目で、お前にまで見られるのは不本意だぞ」

「っ…」

ぼやき半分で叱咤《しった》もされて、佐藤は返す言葉もない。

「俺はお前には中も外もオープンだ。ご自由に入って好きなだけ見て、触って確認して、自分にとって住み心地が良いか、長く付き合えそうか、納得するまで体感してくださいっていう展示場品並みに、開けっぴろげで接してきたつもりだ。まあ、最初に仕事を盾にとって、無理やりお前を引っ張り回したのは事実だからな。丸ごと信用してくれと言っても、難しいのかもしれないが」

宇崎にとって佐藤はまだまだ子供だが、佐藤にとって宇崎はやはり大人だ。

たとえどんなに〝大人げない大人〟な部分を持っていようとも、別れを決めた佐藤にさえ新たなときめきを覚えさせる大人の男だ。

「そんな、そんなことはありません。俺は宇崎さんのことをすごく信頼してます。仕事を通しても、こうして…個人的に会っていても。ただ」

佐藤は、どうしていいのかわからなくなって、咄嗟《とっさ》に口走ってしまった。

「ただなんだ？　まだあるのか」

「———ただ、俺はまだ子供だから。どんなに背伸びをしてみせても、結局子供が大人の真似をしてるようなものだから。宇崎さんには釣り合わないし…、似合わないって」

何度も練習したはずの決別の言葉に、こんな台詞《せりふ》はない。

自分なりにではあるが、もっとスマートで大人な台詞を必死で考えてきたはずなのに、結局は口にする前に頭から飛んでしまった。

「誰が言ったんだよ、そんなこと。俺が良ければいいじゃないか」

「でも、俺が幼いせいで宇崎さんが悪く見られるのは…、あ」

感情のままに口走ることしかできなくて、それなのに、宇崎はいきなり抱いた身体を撫でつけてきた。

「馬鹿だな。お前がどんなに大人でも、俺が悪く見えるのは変わらねぇよ。昔からいい男が、ただ〝いい人〟に見えた試しなんかないだろう」

「っ、宇崎さ――――んっっっ」

佐藤は、そうでなくとも混乱し始めたところに口づけられて、一瞬にして頭が真っ白になった。

「いい男って言うのはな、こういう悪さをしても魅力的に見えるから、いい男なんだよ」

宇崎がちょっと身体を捩《よじ》っただけで、上半身は簡単にソファに押し倒された。

どんなに手足をバタバタさせたところで、あっという間に組み敷かれる。ようは、宇崎が本気になれば、佐藤は足掻く間もなく肉体ぐらいは奪われるということだ。

それをせずにここまできたのは、宇崎がどこまでも佐藤に合わせて思いを育《はぐく》んで来たから。彼なりに佐藤を大事にし、そして匠哉に対しても必要最低限の義理だけはと、果たしてきたからだ。

「もう一度だけ言うぞ。でも、これが最後だ。俺の恋人になれ。柚希《ゆずき》と匠哉の関係の中に、俺も入れろ。この言葉が適切かどうかはわからないが、結婚してくれ」

そうこうするうちに、あとがない選択を強《し》いられたのは、佐藤のほうだった。

「宇崎さん」

宇崎はこれで最後だと言った。彼が最後だと言えば、本当に最後だろう。佐藤は、ここで「ノー」と言えば、宇崎と決別することになる。

綺麗にとはいかずとも、自分が決めてきたことを、きちんと果たせることになる。

「お前の目にどう映っているかはわからないが。俺と匠哉はけっこう相性《あいしょう》はいい。お前さえ俺でいいと言ってくれれば、きっとあいつも受け入れてくれるはずだ」

しかし、それが言えるぐらいなら、こんなことにはなっていない。

「まあ、世間の姑《しゅうとめ》・小姑《こじゅうと》も目じゃないところはあるだろうが。それでも、同じ男同士としては、もう認めあえていると思う。あと十年も経ったら、俺のほうが〝ちょっと相談に乗ってくれ〟なんて声をかけるかもしれない。それぐらい俺は匠哉を信頼してるし、信頼もされていると思う」

　匠哉ほど無邪気な笑顔を向けてくる宇崎に、ムッとすることもない。

「なんだ。これでも駄目か？　素直に〝はい〟と言えない最大の気がかりは、これじゃなかったのか？」

「いえ、その…。駄目とか、はいとかの前に、ちょっとムっときて。いつのまに、匠哉とそんな関係になったのかなって。どうして十年も経って、宇崎さんの相談に乗るのが匠哉なのかなって。俺じゃないのかなって思ったら――」

　佐藤は、このとき初めて嫉妬《しっと》を覚えた。それも他の誰でもなく匠哉に対してだ。

「あ、それは物の例《たと》えだよ。それぐらい俺は匠哉とも仲良くやっていくよう努力するから、お前に受け入れろと言っただけだ」

　このことは、佐藤にとって決定打になった。宇崎の問いかけに「ノー」とは言えない。決別できない自分を知るための、何よりの証となった。

「好きだ、柚希。結婚しよう。三人で幸せになろう」

　宇崎は佐藤の顔を覗き込むと、優しく髪を撫でつけてきた。

「ただし、二人だけの時間も大事にしよう。そうでないと、いずれ匠哉が巣立つとき、子離れできない親になるからな」

「宇崎さん…」

白い額やこめかみに唇を落とすと、佐藤の返事も待たずに、もう一度口づけてくる。

「んっっ」

これだけでも、宇崎がはなから佐藤に答えさせる気などないのは、よくわかった。

一応は佐藤に選択させるようなことは言ったが、実際はこのまま奪う気満々だ。

そもそも「結婚してくれ」はおまけで付けられただけの台詞であって、宇崎の本心は「俺のものになれ」の一点張りだろう。場合によっては、匠哉から今夜の予定を奪い取った段階で、佐藤の返事は「イエス」と確定されているのかもしれない。

宇崎の辞書に「他人からのノー」の文字はなさそうだ。

「本当に、本当に俺でいいんですか？　何が良くて、俺なんか…」

佐藤はそのことに気付くと、少しだけ悔《くや》しくて最後の抵抗を試みた。

「愚問《ぐもん》だな。お前を好きにならない奴がいたら、お目にかかりたい。お前の周りにいる奴らは、お前が好きだから俺を悪者にしたがるのに、それさえ気付かないのか？」

「でも…」

こんなに悩み、翻弄《ほんろう》されているのに、宇崎はそれさえ全部承知で知らん顔を決め込んでいるようで。

「俺はお前の仕事は好きだが、お前自身がもっと好きだ。お前はいまだに、俺の仕事だけあればいいのかよ？」

だが、なかなか素直にならない佐藤が気に入らなかったのか、宇崎は組み敷いた身体の上で、いったん上体を起こした。何をするのかと思いきや、自ら着込んでいたシャツのボタンを外して先に脱いだ。完成された男の肉体を佐藤に見せつけてくる。

「俺自身を欲しいとは、思ってくれないのかよ？」

きゅっと、心臓が締め上げられるような痛みが佐藤を襲った。

「それとも、だから笑って〝結婚おめでとう〟なんて言えたのか。それって、今でもそうなのか」

目の前に現れた宇崎の上体は、それだけでも佐藤のものとはまるで違った。

広い肩幅、逞しい胸、そこから引き締まったウエストラインは絵を見るように美しくて、それでいて艶やかというよりはエロティックで、佐藤はこの場になってから以前宇崎が放った「セックス」という単語を思い起こして、全身が真っ赤になった。

「笑ってなんて言ってませんっ。今なら、たとえ社交辞令でも…、言えません」

それでいて、ここで佐藤が素直にならなければ、彼が自分のものにならないどころか、いずれは他人のものになることも自覚した。すっかり忘れていた感情が蘇《よみがえ》る。

〝結婚したら、どこに行っちゃうんだろうか。もう、会えなくなるのかな〟

宇崎が結婚すると聞いた時、この喪失感や不安はどこから来るのだろうと思ったが、あれはもう恋の序曲《じょきょく》だ。

仕事を通して、彼と長い時間一緒に過ごしたいと願った中には、営業だけでは割り切れない思いがすでに生まれていたのだ。

「俺は宇崎さんが他の人と一緒になるのは嫌です。やっぱり、そんなの…、やです」

佐藤は、匠哉にさえ渡したくないと思うほど好きになっていた宇崎から、もう少しで永遠に決別するところだったのだと思うと、寂しくなった。

実際決別したわけでもなく、今もこうして宇崎の腕の中に居るというのに、「ノー」と言っていたらと考えただけで、急に寒くて怖くなった。

「なら、お前のものでいいじゃないか」

「俺のもの？」

何から何まで一人で悩んで、右往左往《うおうさおう》しているようにしか見えない佐藤に、宇崎は観念したように抱きしめてきた。

「そう、俺がお前のものなんだ」

他の者ならいざ知らず、佐藤には恋の駆け引きさえ通用しないのだ。

少しくらい煽って、危機感を持たせ、そこからうんとその気にさせて――などと謀《はか》ろうものなら、全部本気にして傷ついてしまう。

あれだけ堂々とした態度で営業トークをぶつけて来るのに、恋愛に関してはなんのノウハウも持っていない。宇崎にしてみれば、愛おしさが増すばかりの純白さだ。

だからこそ、悩ましい存在だ。

「今夜は匠哉のことは道場に頼んである。安心して朝まで甘えていいぞ」

宇崎は、佐藤から無理に「好き」だの「愛してる」だのという言葉は、しばらく引き出せなくてもいいと思ったのか、その後は優しくキスをした。

「っ、宇崎さんっ」

「俺も遠慮なく甘える。匠哉みたいにな」

まるで壊れ物を扱うように、頬に、首筋にと愛撫して。今夜に限ってはまだ一滴のアルコールも飲んでいない佐藤が怯《おび》えないように、そうっと衣類も脱がせていった。

「んんっ、ぁっん」

それでもベッドに移動しようという余裕はなかったのか、宇崎は自らも衣類を全部落とすと、ソファの上で佐藤の身体を愛し始めた。

「たっ、匠哉はこんなこと…、しません」

ソファの上には毛足の長いムートンが敷いてある。佐藤の肌が傷つく心配はない。安心して華奢《きやしや》な肩や胸、細い腰や感じ始めて膨《ふく》らみ始めた欲望を撫でつけ、キスをしては口にも含んだ。

「ぁあっ！」

「当たり前だ。してどうする」

そうでなくとも、すでに気を失いそうなほど恥ずかしくなっているのに、佐藤は宇崎に口に含まれ、あられもない声を漏らした。

「お前の感じるところを全部教えろ。匠哉が知らない、俺だけが知る柚希をよこせ」

「んんっ、ぁっ」

全身に湧きおこる快感をどうしていいのかわからず、自然と身体がよじれて、時折宇崎からも逃れようとした。

「も、許して…。我慢できない」

それでも絶頂への予感だけは、身に覚えがある。佐藤は、このままでは宇崎に失礼をしてしまう怖さから、懇願した。半泣きで「放してほしい」「許してほしい」と身もだえ続けた。

「しなくていい。俺には我慢しなくていいんだ。たとえ、どんなことでも」

「ああっ――――っ」

どんなに懇願しても、宇崎はそれを叶えてくれず、佐藤は初めて人前で絶頂に達した。ほとばしる白濁《はくだく》を宇崎の口内に捲《ま》いてしまい、半泣きどころか、大粒の涙までこぼし始めた。

「代わりに、俺も我慢しない。お前にだけは、お前の前だけでは我慢しないから」

しかし、それは宇崎にとってはささやかな代償《だいしょう》でしかなかった。

無垢《むく》な肉体を愛すると同時に、一度は傷つける。その許しを乞《こ》うための、わずかな先付けでしかなかった。

「ひっ――――、っっくっ」

佐藤は、小さな尻の窄《すぼ》みに口づけられると、丹念《たんねん》に舐め上げらて、最初は指でならされた。

「俺を丸ごと受け入れてくれ…。身も心も」

それがどれぐらい続いたのか、よくわからない。

恥ずかしくて、申し訳なくて、怖くて嬉しくて愛おしくて。いったいどれが一番なのかわからないほどの感情が、いくつもいくつも溢れ出ている間に、宇崎の熱くなった大きな欲望が、自分の中へと入り込んで来た。

「それができるのは、お前だけだ。どうしてか、お前だけなんだよ。柚希」

「んんっ、ぁっっ――――っ」

そこから先は、記憶が飛んで、わからない。

何が起こり、自分がどうなったのか、朝になったら「初めてのことなのに」と後悔してしまうほど、佐藤は必死すぎて何もわからないうちに、宇崎にすべてをささげてしまった。

と同時に宇崎のすべてを我がものにしていた。

6

佐藤が宇崎と特別な関係になったと自覚したのは、窓から差し込む朝日に目を開いてからだった。

『――――んん。宇崎さん』

目が覚めると佐藤は宇崎の腕の中にいた。広々としたベッドが置かれた寝室は、清潔感のある白壁と生き生きとした観葉植物で彩《いろど》られ、とても心地よい印象だ。

『気持ちいい…。身体の気だるさまで、なんだか幸せに感じる』

それでもこの腕の中に敵うものはない。こんなに安堵できて心地よい場所は、きっと世界中を探してもない。

そう実感すると、佐藤はもう一度目を閉じた。今少しだけ、このまどろみに浸っていたいと願って、そのまま昼過ぎまで眠ってしまった。

「もう少しゆっくりしてても良かったんじゃないのか」

「でも、道場さんに申し訳ないので」

佐藤が宇崎に送られて自宅に戻ったのは、その日の昼だった。

「ただいま――――、ひっぃ!!」

しかし、帰宅して先に部屋へと上がった佐藤を不審に思わせたのは、静寂すぎる部屋。そして悲鳴を上げさせたのは、茶の間で両手両足を拘束されたまま倒れていた道場の存在と、傍に置かれた一枚の脅迫状だった。

「な。なんだこれは――――おい道場!! これはどういうことなんだ!?」

あとから上がった宇崎も、これには驚いた。

「宇崎さん、これ」

佐藤が宇崎に見せたB5判程度の紙には、無情な切り出し文字が並べられていた。

「子供の命が惜しければ十億円用意しろ。警察に知らせれば、子供の命はないと思えだ?」

「なんで!? どうして、こんなことに」

佐藤は完全に混乱していた。だが、宇崎は脅迫状を見つめ、そして部屋の様子をよくよく見ると、険しい表情をしながらも、まずは道場の拘束を解いて彼を起こした。

「道場、道場!!」

全く気付かない。意識を失うというよりは、睡眠薬でも飲まされたのか、熟睡《じゅくすい》してしまっている。

「匠哉…っ。匠哉に何かあったら俺は――宇崎さんっ」

そうこうするうちに、佐藤はどうしていいのかわからず泣き出した。

警察に通報していいのか、そうでないのか、判断さえできない。

「落ちつけ、柚希。大丈夫だ。これが本当なら、十億ぐらい用意してやる。ただし、これが本当の誘拐ならな、匠哉!!」

しかし、動揺する佐藤をしっかりと支えながら、宇崎は声を荒げた。

あたりをキョロキョロと見渡し、どこからか匠哉が姿を現すのを待っているようだ。

「宇崎さん!?」

こんなときになんの冗談かと、佐藤が腕を掴んだ。

「あれ、もうバレたの？　早くない？」

「匠哉！」

が、匠哉は宇崎が叫んだ通り、お風呂場の脱衣場から姿を現した。

「バレないわけがないだろう。こんなチンプな真似しやがって。どこの世界に一介のサラリーマン家庭、それも細々と賃貸アパートに住んでるような家庭に、十億円も要求する馬鹿がいるんだよ。いくらなんでも勝手違いだろう。本当に金を取ろうと思ったら、何百万かせいぜい一千万程度にしておくよ」

「えー。でもぉ、僕の趣味を知ってる奴なら、ありえそうじゃん？　もしくは柚希が宇崎と付き合ってることを知ってる奴なら」

全く反省のない匠哉に佐藤は「匠哉」と怒鳴り出したいのを、なぜか宇崎に阻《はば》まれて口を塞がれている。

「それなら柚希を誘拐して、お前に脅迫状を送る。仮に俺から本気で金を取りたいなら、道場を見せしめに殺っていくか、こいつから俺に連絡させる。そのほうが信憑性があるからな」

「ちぇっ。ラブラブで浮かれ切ってるかと思いきや、けっこう冷静だな」

どうやら宇崎は、匠哉の目的が知りたいようだ。これをただの悪戯とは思っていない。

「――――なら、満足できたの？　柚希ちゃんの結婚相手としてのテストはＯＫ《オーケー》？」

するとと、浴室からはもう一人現われた。

「まあね。もう少し右往左往してくれたら、宇崎が持ってる人脈や資産の具合までわかったんだろうけど。それでも、咄嗟の観察力と判断力の確かさはわかったし、想像以上に勘もいいみたいだから、納得したよ。これなら安心して柚希をお嫁にやれる」

「――――り、梨都子《りつこ》さん!?」

しかし、「なんでお前がここにいる!?」としか言いようのない女性が現われたものだから、佐藤どころか宇崎まで匠哉の意図《いと》が読めなくなった。

匠哉の言葉からすれば、たんに宇崎が佐藤に相応《ふさわ》しい相手かどうかを試したかったとわかる。しかし、わからないのはどうしてそれに梨都子が絡んでいるかということだ。

二人の関係どころか、繋がるきっかけさえ全く見えない。

「あ、ごめんなさい。じつはね」

「いいよ、僕から説明するから」

と、申し訳なさそうに頭を下げた梨都子を制して、匠哉が呆気《あっけ》らかんと言った。

「この人、僕の叔母《おば》ちゃん。死んだパパの妹だよ」

「叔母ちゃん？」

一瞬ただの〝おばちゃん〟としか解釈できなかったのは、匠哉に〝おじちゃん〟と呼ばれ続けた宇崎。ここは佐藤のほうが、しっかりと聞いていた。

「パパの妹…って、匠義兄《たくみにい》さんの妹さん？　九条財閥の梨都子さんが、匠義兄さんの妹さんってことは――――えええええっ」

とはいえ、理解したら理解したで、悲鳴が上がった。匠哉は確かに父親似だが、梨都子はその父親とはあまり似ていないのだ。

言われれば、なんとなくとは思うが、それでもすぐにはピンとこない。明らかに両親から受け継いだ特徴が分かれたのだろう。ここは宇崎のほうが納得するのが早かった。

「うん。どうやら僕、九条匠哉ってことみたいだよ。パパはママと結婚したくて祖父《じい》ちゃんと大喧嘩《げんか》して、家を飛び出したみたいなんだけど…。その結果、梨都子叔母ちゃんに全部負担《ふたん》がいっちゃって、大変みたい。ようは、九条の祖父ちゃんが宇崎を婿養子に欲しがったのも、本当なら後継ぎだったパパがいなくなっちゃったからで。さすがに梨都子叔母ちゃん一人じゃ、相続税から何から背負わせるのは気の毒だと思ったからみたいだね」

そう、顔がどうこう言うより、言動がえげつないところがそっくりだったのだ。

これは二人にいいようにあしらわれた、宇崎にしかわからない。宇崎だからこそ見いだせる梨都子と匠哉の共通点というやつだ。

「ようは、俺はたんに納税能力を買われて、婿養子に望まれたってことか？」

何せ今だって、この言われようだ。しかもそれを「へへ」っと笑って会釈する梨都子からは、悪気が見当たらない。こっちのお家事情に巻き込んじゃってごめんなさいね～というふうだが、そのごめんなさいに全く反省を感じないあたり、そっくりだ。

これだけを見るなら、十分宇崎も二人の親族だと思うが――――。

「それだけじゃないわよ。もちろん、すべてにおいて父のお眼鏡にかなったからよ」

するると、宇崎が不貞腐《ふてくさ》れたものだから、さすがに梨都子もフォローした。

「あとは、父も兄を失くして寂しかったのよ。最初は勘当だって息巻いてたけど、月日が経って、自分も年を取ってきて、残った娘がこんなんだから、結婚以外のことでは逆らったことのなかった兄が恋しくなったんでしょうね。とはいえ、頑固《がんこ》は頑固だから。それでもともと仲のいい宇崎のおじさまに愚痴《ぐち》をこぼして、嘉寿さんを婿養子になんてノリになったみたい。ようは、私の婿がほしいって言うよりは、息子と呼べる男を作って、慣れ合いたかったんでしょうね」

知れば知るほど身も蓋《ふた》もない話だが、宇崎社長と九条氏に〝結婚〟がもとで〝家族ともめた〟という過去の過《あやま》ちがあるのは聞いていてわかった。それでいて、懲《こ》りずにまた同じ理由で宇崎ともめた宇崎社長も大したものだが、ここは自分のためというよりは、九条氏のためだったのだろう。少なくとも、梨都子との縁談を決めたまでは――。

「だったら素直に息子に帰ってきてほしいって言えばいいのに、まさか五年も前に死んでたなんて想像もしてなかったから、逆に当てつけぐらいの気持ちで娘婿を欲しがったのよ。わかっていたら、逆にこんな話にはならなかったかも」

ただ、それでも終始笑える、もしくは呆れて済ませられる話かと言えば、そうではなかった。

「私も、こんなことになるなら、意地にならなきゃよかったと思ってる。兄貴に出ていかれてから、家のことや会社のことでけっこう大変だったの。だから、腹が立ってて…。実際恨《うら》んでた時期もあったから、探そうともしなかった。けど、自分に縁談話が来てわかったの。好きな人がいるのに反対されるって、別の人間と結婚しろって言われるって、こんなに腹立たしいんだって。親とはいえ、許せないんだって…。やっと兄貴の気持ちがわかったから、今なら会いたいって思ったのに、探しあてたときには会えなくなっていたなんて、馬鹿よね――――」

梨都子の胸中には、決して消えることがないだろう、後悔が残った。

「それどころか、ホテルで一度会ってるのに、あそこで気付けなかったなんて、もっと馬鹿…。匠哉、兄貴にそっくりなのに…。家に帰って写真見るまでピンとも来なくて…。自分が恥ずかしかったわ」

癒《い》えるには時間がかかるかもしれない、傷も残った。

「梨都子さん…。ごめんなさい、俺…。全然知らなくて…。じつは義兄さんの家庭の事情とか、全く知らされてなくて…。どっちかって言ったら、気がついたら俺の姉さんの恋人になってて、旦那さんになってて。それに、幼いころに母親も死んでいて、身寄りがないって聞いてたから――事故の時も葬儀の時も。連絡先を探そうともしなくて…」

佐藤は、知らなかったとはいえ、梨都子や九条氏に申し訳なくて仕方がなかった。

家族の立場からすれば、どんな姿であっても、姿があるうちに会いたかっただろう。

それなのに、ここには義兄《あに》の写真と位牌《いはい》しかない。温《ぬく》もりが感じられるものがあるとすれば、それは唯一《ゆいいつ》の忘れ形見《がたみ》である匠哉だけだ。

「いいのよ、それは。兄貴のことだから、なんて言って柚希ちゃんやお姉さんと暮らし始めたか想像がつくし。あのときは勘当されてたから、身寄りがないって言ったのも嘘じゃないしね。ただ、わかったからには、匠哉を九条家に引き取りたいって父が言いだして。これからでも、後継ぎとして育てたいって言いだしたのよ」

佐藤には、今だからこそ九条が匠哉を求める気持ちがよくわかった。義兄がこの世に居ないからこそ、匠哉にしか向けられない思いがあることも、なんとなくだが理解できた。

「だから僕、九条家に行くことにしたから」

「は!?　なんだって」

しかし、だからといって匠哉が自分の手から離れるなど、佐藤には考えられないことだった。

「だって、莫大な相続税を払って、なおかつこれまで以上に財を増やせるのなんか、たぶん僕しかいないしね。梨都子叔母ちゃんは、できればこの先好きな人と結婚して、今の自分の生活守りたいって言うし。そしたら僕が行くしかないでしょう。ってか、僕は貰えるものは貰う主義だから。正統な権利があるなら、全部貰うよ。九条財閥の全部をね」

「――――たっ…匠哉?」

それを匠哉本人が決めるなど、どう理解したらいいのかも、わからなかった。

「とうとう本性現しやがったな。柚希の前でまで」

「宇崎さん⁉」

「俺に伊丹の株の情報流してきたのは、匠哉なんだよ。こいつ、お前の名前で勝手に株転がしして、そうとう儲けてため込んでるんだ。この前なんか、あやうくうちの子会社が一つ、買収されるところだったからな。危ないったら、なかった」

「は⁉」

それなのに、佐藤が理解不能な話はまだ出てきた。

「そうなのよね〜。調べてみたら、うちの会社の株とかも、けっこう買われていてビックリしたのよ。父が匠哉を欲しがったのは、この財テク力に惚れこんだところもあるみたい。さすがIQ《アイキュー》170の天才児。これって誰に似たのかしらね」

「IQ170⁉」

「やだ、柚希ちゃん知らなかったの？」

「だって、同い年の子の中では、いつも一番とか二番だな…って感心してましたけど。たまにテストで、変な間違いもするんで…。特別頭がいいとかってことは、考えたことも」

一緒に暮らしてきたはずなのに、まったく知らなかったことまでボロボロと出てきた。

「お前、わざと間違えてやがったんだろう」

「百点取れずに落ち込むと、柚希がホットケーキ焼いて、いっぱい慰めてくれるから」

「知能犯め。どこまであくどいんだ」

「デートのために秘書まで使う、宇崎にだけは言われたくない」

「そんなの大人の常套《じょうとう》手段だ」

それどころか、最近知り合ったはずの宇崎や梨都子のほうが匠哉のことも詳しくて。佐藤はこれだけでも胸がつぶれる思いがした。

「とにかく、そういう経緯《けいい》もあって、匠哉にどうって聞いたら、九条に来てもいいよって言ってくれたんで…。どうかしら、柚希ちゃん」

「どうかしらって、言われても」

どうしてそんな話が、自分に向かってできるのか。簡単に言えるのか神経が疑えて、見る間に顔色を悪くしていく。

しかし、

「大丈夫だよ。柚希には宇崎がいるんだから。それに、新婚にコブはついてないほうがいいに決まってるじゃん。せっかくだから、二人でラブラブしなよ」

「馬鹿言うな！」

「ひぃっ!!」

佐藤がとうとう匠哉本人にとどめを刺されたと感じた瞬間、宇崎は躊躇《ためら》うことなく匠哉を怒鳴りつけた。

「誰が子供にそんな気を遣えって言った。俺は柚希に、三人で幸せになろうって言ったんだ。あくまでもお前込みだ。それをわかったふうな口聞きやがって。お前に出ていかれたら、柚希がどんな気持ちになるか、わかってんのか!!」

匠哉の胸倉《むなぐら》を掴み、嘘でもそんなことを口にするな、俺たちに変な気を遣うなと、逆に怒って信頼の深さを見せつけてきた。

『宇崎さん…』

一瞬とはいえ匠哉の言葉を鵜呑《うの》みにしかけた佐藤に、結果的には追い打ちをかけた。

「だったら、お前がどうにかしろよ!!」

だが、とうの匠哉は呆然としている佐藤を余所《よそ》に、宇崎に噛みつき返す。

「なんだと!?」

「どんなに僕が頑張ったって、柚希はお前が好きだよ。僕が将来柚希と結婚できるわけじゃないよ。それなのに、それなのにお前は僕に三人でって…、残酷すぎるだろう!!　この無神経野郎が!!」

幼いながらに本気でぶつかっていた。

『匠哉…』

佐藤に本気で恋をしていたことを明かしながらも、超《こ》えられない一線があることに、どうにもならない現実があることに、自分だって苦しんだし辛かったと精一杯訴え、宇崎を罵《ののし》った。

「はぁはぁ…。っていうのも、理由の半分。それは嘘じゃない。けど、残りの半分の理由は、パパが実家に戻りたがってるんだ。梨都子叔母ちゃんに会ってから、何度も夢に出てくる。きっとパパは、後悔してるんだ。僕やママや柚希をちゃんと自分の家族として祖父ちゃんたちに紹介できなかったから。認めてもらえなかったから。それをどうにかしてほしくて、僕に訴えかけて来てる気がするんだ」

そうして、これは匠哉にしかわからないことなのだろう。匠哉は、自分の中に死んだ父親の思いがあることも明かした。

「だから僕が九条に戻って、代わりに柚希や宇崎のことを紹介したいんだ。これが僕の家族だからって、パパが残していった家族だからって、認めてもらいたいんだ」

それこそ佐藤からしてみれば、自分に言ってほしいことなのに、なぜか匠哉は佐藤ではなく宇崎に向かって理解を求めた。

「匠哉」

「だから、納得して。でもって柚希のこと幸せにして。僕の分も、まずは柚希のことをいっぱい大事にして。僕は、少しだけパパの代わりに親孝行してくる。祖父ちゃんのこと構ってくるから。その間、頼むよ宇崎」

「そっか。そういう理由なら、仕方ないか」

宇崎もそれを自然に受け止め、理解する。

「何が仕方ないんだよ!!」

佐藤は、こみ上げる怒りと嫉妬《しっと》と疎外感《そがいかん》から、とうとう我慢できずに叫んだ。

「柚希」

「俺は…、俺はいやだ。匠哉と離れるのは、嫌だ!!」

匠哉の思いも、宇崎の思いも理解はできるのに、納得できない。

自分一人が弾《はじ》かれたような寂しさが堪《こら》え切れず、とうとう匠哉の前だというのに涙をこぼした。

「柚希…っ」

「いやだっっ!!」

声をあげて泣きじゃくった。

「柚希」

「佐藤さん…」

さすがにこの騒ぎで目を覚ましたのか、道場も宇崎と共におろおろとしている。

が、そんな時だった。

「あの…。だったら、別に一緒でいいんじゃない？　どうしてそこで、二つに分かれようとするの？　みんなまとめてうちにくればいいじゃない。どうせ部屋もいっぱいあるし。なんなら敷地の中に建てちゃっても構わないわよ。あなたたち用の新居」

このテンパった状態を全くものともしなかったのは、梨都子だった。

「は？」

「いや、そういう問題じゃないだろ」

あまりに突拍子もない提案をされて、宇崎でさえ失笑する。

「え!?　そういう問題でしょう。あなただって、そのほうがいいわよね、剣一《けんいち》。どうせだから、どさくさに紛れて私のところに来ちゃえば、父も駄目って言えないだろうし」

　しかも、ここで同意を求められたのは、なぜか道場だ。

「は？　それはどういうことですか？」

「彼が私の恋人ってことだけど。あら、聞いてなかったの？　ってか、言ってなかったの剣一!?」

　ケロッと言ってくれた梨都子にまで問われて、道場は再び意識を失ったふりをしている。

「み、道場っ!!」

「道場さんっ!?」

　ここで彼を責めなかったのは、昨夜のうちにイロイロと語り合うこともあったのだろう、匠哉だけだ。

「大人って、面倒くさい」

　一番面倒な子にだけは言われたくないだろうが、佐藤は次元違いの驚きのために、泣くのも忘れて道場を起こしにかかっている。

　宇崎にもこれは納得がいかない。何か長年の信頼を裏切られた気がして、どう言うつもりでここまで沈黙してきたのか説明しやがれと、本気で叩き起こしにかかっていた。

「――――ってことだから、匠哉。このさいみんなで暮らそうよ。二人が三人でもいいなら、このさい五人、六人になっても大差ないし。そのほうがにぎやかで、きっとみんなで幸せになれるはずだしね」

その間、梨都子は匠哉と勝手に話を進めていく。

「そ、そうかな」

「そうよ」

さすがに匠哉もすぐには〝そうとは思えなかった〟が、それでも佐藤と離れることなく九条の財産も手に入るなら、こんなに都合のいいことはなかった。

ついでに宇崎と道場という、新たな遊び相手までおまけに付くのかと考えれば、「それもそうだね」と意見も変わる。

子供はいつでも欲望に忠実だ。それが子供の特権だ。

「でしょう。だって、一緒にいたい人とあえて別れて暮らす必要なんかないじゃない。私も柚希ちゃんのご飯が毎日食べたいし～」

そして、そんな匠哉と血を分ける梨都子は、宇崎も真っ青な〝大人げない大人〟〝我が道を行く大人〟の代表だった。

「ってことで、嘉寿さん。うちの敷地内に新居二棟よろしく！　もちろん〝ラビットハウス〟を社員割引価格でね」

気がつけば、全員揃って九条家へお引っ越しは、決定事項になっていた。

＊　＊　＊

思い立ったが吉日《きちじつ》を地で行く梨都子の行動力には、目を見張るものがあった。

「結局、本当に九条家の敷地内に住むことになっちゃいましたね…。俺たちまで」

もともと地位も権力も持っている上の行動力と我がままだ。佐藤や道場が敵うわけがなかった。匠哉は納得の上だからよしとしても、誰が一番被害者かと言えば、やはりポケットマネーで〃ラビットハウス〃二棟を建てる羽目になったこの男だ。

「梨都子の入り婿になった道場や、次期当主になる匠哉、その叔父って立場のお前はまだいい。なんで俺まで、ここに放り込まれる羽目になるんだ!? しかも親父まで、それなら仕方がないから柚希との結婚を認めてやるかって、わけがわからねぇぞ！」

事情を知るはずもない周囲からは、結局九条家の入り婿に入ったらしいと決めつけられていた宇崎だった。

別に来たくて来たわけでもないのに、こんな不名誉なことはない。なのに、誰もが宇崎社長のあとを継ぐわけでもない三男ということで納得している。

いっそ独立してやろうかと、不貞腐れるばかりだ。

「きっと社長さんは、ご自分が専務さん家族と一緒に住んでいるから、九条氏にもにぎやかに暮らしてほしかったんじゃないですか？　奥様のことで後悔があるから、息子のことで悔《く》いが残っている九条氏のさびしかった気持ちも、わかるんだと思います」

「んな、勝手な。でもま…」

それでも新居の窓から、このたび寿《ことぶき》退職をした新妻と共に眺める庭先の光景は、なかなか面白いものがあった。

「九条家の男子たるもの、文武両道は当たり前。お前は頭ばかりで、体力がなさすぎじゃ。これからはワシが毎日鍛《きた》えてやる。ほれ、竹刀《しない》を構えろ。いくぞ、きぇっつっつっ」

「うわっつっ。勘弁しろよ、ジジイ!!　そんなに頭ばっか叩いたら、馬鹿になるっ。納税できなくなるっ。ってか、昨日の終値《おわりね》がぶっ飛ぶだろう。僕はお金さえ稼《かせ》げればいいんだから、ほっとけよーっつっ」

これはこれで毎日が楽しい。むしろ、頑張れジジイと応援したくなるやり取りを目にすることができて、宇崎の顔から笑みが絶《た》えることはなかった。

「匠哉には、けっこういい環境かもな」

もともと子持ちを口説いたのだから、そこに舅・小姑がついてきたところで、こんなものかもしれない。むしろ、今後は道場のほうが大変かもしれないと居直って、隣に立つ佐藤の肩を抱き寄せた。

「ですね」

まだまだぎこちない仕草を見せる佐藤だったが、それでもそそっと自分からも寄り添うようにはなっていた。

「好きだぞ、柚希」

「俺も」

目線でキスぐらいは強請《ねだ》るようになってきたので、宇崎はこれでよしとしている。

「俺も好きです。嘉寿さん」

佐藤にしても、念願の〝ラビットハウス〟に住みながら、今はゆくゆく宇崎の仕事を手伝いたいという一心から、建築の勉強をしていた。

十年先に見ていた夢は、意外なところで前倒しになってやって来たようだった。

おしまい♡

あとがき

こんにちは、日向唯稀《ひゅうがゆき》です。セシル文庫さんでは二冊目になります。ご縁《えん》が続いて嬉しいです。今回は明るくソフトなゼネコン業界に生きるカップルのお話を書かせていただきました。

ゼネコン――というと壮大《そうだい》なスケールで第三セクターとか国交省とか絡んできて、赤坂《あかさか》の料亭で談合《だんごう》とか枕営業してそうなイメージ（そうとう身勝手な…）があるのですが、これにはそういったハードな展開はございません。砂河深紅《さがわみく》先生とご一緒させていただくので、そっちの方向もいいな～（いつかは書きたい、ハードな展開のゼネコン。身売り営業の受け必需・笑）と心がぐらついてはいたのですが、結果的には「セシルさんでしか書けないであろう設定」を選んでしまいました。

そう、私。世間様との多大なるご縁と持ち前の悪運だけで文庫や新書を出させていただきましてそれなりの冊数になってきたのですが、このたびはじめて表紙にお子様がいらっしゃいます。きゃっっっ☆　なんだかミラクル⁉　です。プロットが通ったときにも「匠《たく》哉《や》の活躍が楽しみです」と言ってもらって「わーい」とはしゃいでいたのですが、それでも過去に子連れ表紙は経験無かったので、いまだに何か信じられない気もしています。

最初にキャララフを拝見《はいけん》したときにも、「素敵♡」「綺麗《きれい》♡」「格好いい‼」そして「匠哉可愛いっっっ、正真正銘《しょうめい》の小悪魔万歳‼」と悶絶《もんぜつ》していたのですが、いざ表紙のラフを拝見すると、本当にいいんだろうか⁉　と小心なことも思いつつも、担当さんの「うちはいいんです（笑）」という力強い言葉に不安を吹き飛ばされて、今に至《いた》っているのですが…。

それでも、それでも～～と感じてしまうのは、長年ツーショット表紙が定番になっていたからなのでしょうね。でも子連れ三人――――いい‼（爆）。

お株を取られた感のある宇崎《うざき》がまた、うちの攻めの立ち位置（所詮《しょせん》かかあ天下《でんか》、女・子供至上主義）を象徴はしているようで、今もラフを見ながらニンマリしております。

砂河先生、担当さまならび編集部様、このたびは本当にありがとうございました。

作業中にパソ暴走、一部データを壊して多大なるご迷惑もおかけしてしまいましたが、こうして形になったのも皆様のおかげです。反省と感謝が絶《た》えません。

特に砂河先生には、いっぱしのリーマン佐藤《さとう》を描いていただいて嬉しいです。

受けも攻めも男なら働け～がモットーなので、どんなに可愛く美人さんな設定でも、やっぱりキリッとした面が見られるのはとっても嬉しいです。またご縁がございましたら、ぜひよろしくお願いいたします。ただ、そうなるとやはり暗躍《あんやく》・談合が横行《おうこう》する本格的なゼネコン&エロスストーリーもいつか挑戦してみたいな…と思いますが、たぶんこの話を読んだあとでは説得力ゼロですよね。自分で書いていても想像ができなくて吹き出してしまいした。いや、匠哉が大きくなったら暗躍しまくって、ドバイのど真ん中に江戸城の再建でもしてくれるんじゃないかと思いますが、それになんの意味があるのか、私にもまったくわかりません（大脱線・笑）。が、そんなこんなでお馬鹿《ばか》な話を連《つら》ねていくうちに、ページもいっぱいになりました。ここまでおつきあいいただきまして、ありがとうございました。今後もセシルさんでお会いできることになっておりますので、またお手にとっていただけたら幸《さいわ》いです。

他でも見かけることがありましたら、どうぞよろしくお願いします♡

それでは、本日はこれにて――――。

日向唯稀

セシル文庫をお買い上げいただき、ありがとうございます。
この本を読んでのご意見・ご感想・ファンレターをお待ちしております。

☆あて先☆
〒113-0033　東京都文京区本郷3-40-11
コスミック出版　セシル編集部
「日向唯稀先生」「砂河深紅先生」または「感想」「お問い合わせ」係
→EメールでもOK!　cecil@cosmicpub.jp

セシル文庫

シングルファーザーも恋《こい》をする

【著者】　日向唯稀《ひゅうがゆき》
【発行人】　杉原葉子
【発行】　株式会社コスミック出版
〒113-0033　東京都文京区本郷 3-40-11
【お問い合わせ】　- 営業部 -　TEL 03(5844)3310　FAX 03(3814)1445
- 編集部 -　TEL 03(3814)7580　FAX 03(3814)7532
【ホームページ】　http://www.cosmicpub.jp
【振替口座】　00110-8-611382
【印刷／製本】　中央精版印刷株式会社

乱丁・落丁本は、小社へ直接お送り下さい。郵送料小社負担にてお取り替え致します。
定価はカバーに表示してあります。